サッカーボーイズ 15歳

約束のグラウンド

はらだみずき

角川文庫
18009

シャーロック・ホームズの帰還

目次

朝練

その葉書に気づいたのは、ランニングから帰って風呂《ふろ》に入ったあとだった。マンションの集合ポストに投函《とうかん》された郵便物を母が選別して、部屋の学習机の上に置いたのだろう。ほかには会員になっているサッカーショップのダイレクトメールと、進学塾からの案内状が二通。来春、三年になるせいか、最近この手の郵便物が増えてきた。

葉書には、薄い墨の縁取りがあった。宛名の武井遼介《たけいりようすけ》様という直筆の文字は、それなりに上手《うま》かったが、どこか微妙にバランスが崩れていた。差出人は、小学生時代一緒にサッカーをやっていた幼なじみだった。

遼介はベッドに腰かけて、湿り気の残った髪のまま、葉書の文面を読んだ。

喪中につき新年のご挨拶《あいさつ》は失礼させていただきます
母幸代《さちよ》去る十月十八日に永眠
ここに本年中に賜りましたご厚情を深謝致しますと共に

明年も変わらぬご厚誼《こうぎ》のほどお願い申し上げます

鮫島琢磨《さめじまたくま》

それは、遼介が生まれて初めて受け取った喪中葉書だった。

繰り返し、その型にはまった文章を読んでみた。短いが、そこには琢磨にとって、とてつもなく重大な事件が記されていた。新年の挨拶のお断りというよりも、琢磨が遭遇した深い悲しみを知らせる手紙といえた。

両親が離婚し、母子家庭で育った琢磨にとって、母を失うことがどれほどの衝撃なのか、遼介には推し量ることすら難しかった。葉書に印刷された同じ歳の差出人の名前が、ひどく大人びて見えた。

琢磨からは、今年の夏に暑中見舞い状をもらった。返事は出していない。差出人の住所は、暑中見舞い状と同じ埼玉県三郷《みさと》市になっていた。

ベッドに腰かけ、葉書を手にしたまま、ぼうっとしていた。リビングで呼び鈴が鳴っているのに気づき部屋を出ると、すぐ右手にある玄関ドアの鍵穴《かぎあな》に鍵を差し込んでまわす音がした。開いたドアの隙間から、前髪を垂らした母の綾子《あやこ》が顔をのぞかせた。

「なによ、いたの？　いるなら、早く開けてくれればいいのに」

綾子は眉《まゆ》をひそめながら、腰でドアを押し開いた。両手にはショッピングセンターの白いレジ袋を提げている。後ろに妹と弟の姿があった。

家族の顔を見て、遼介はなぜだかホッとした。

「うーっ、兄ちゃん、指がもげるよー」

お米の袋を提げた勇介《ゆうすけ》が唸《うな》った。

遼介は手にしていた葉書を靴箱の上に載せ、両手を伸ばして綾子の荷物を受け取り、リビングへ運んだ。

「葉書、読んだ?」

「うん」

「あら、お風呂入ったの?」

「入った」

「そう。じゃあ、あんたたちもご飯の前に入っちゃいなさい」

綾子が牛乳パックを手にして言うと、「私、ひとりで入るから」と五年生の由佳《ゆか》の冷めた声がした。「僕のほうが先だよ」と言いながら、来春小学校に入学する勇介が浴室へ走った。

「琢磨君のお母さん、亡くなったんだねぇ」

冷蔵庫の扉の向こうに隠れるようにして、綾子は言った。沈んだ声だった。

遼介は床に置いたレジ袋から生鮮食料品を取り出しては、綾子の手に渡した。

「まだまだ、これからっていうときに、どうしたことかねぇ。琢磨君、大丈夫かなぁ」

冷蔵庫の奥に向かって、綾子は話していた。

「喪中ってことは、年賀状出せないんだよね」

「そうだね。そういうことになるね」

黙っていると、「今はまだ、そっとしておいたほうがいいかもね。今後のことも、いろいろあるだろうし……。年が明けてしばらくしたら、寒中見舞いを出してあげたら」と言われた。

今年の夏に琢磨からもらった暑中見舞い状には、「県のトレセンに呼ばれるようになりました」と書いてあった。丁寧だが、どこか自慢げで、サッカーに対する自信を匂わせた。自分のサッカーにおける立ち位置を誰かに知ってほしくてしかたない。昔と変わらない琢磨らしい無邪気さが顔をのぞかせた。

――おれは県トレだけど、遼介はどうよ？

そんな軽い挑発のような。

でもそれは、幼なじみである自分にだからこそ、できた気がした。

父の耕介《こうすけ》は出張中で不在だったものの、家族四人での賑《にぎ》やかな夕食が始まると、遼介は喪中葉書のことなどすっかり忘れてしまった。食事中は綾子もその件には触れなかった。

好物の鶏《とり》の唐揚げをおかずに、ご飯を二杯おかわりした。野菜も一緒に食べろと注意されたので、皿に敷かれたキャベツの千切りも残さずさらった。綾子は子供たちに話題をふっては、それぞれの話を熱心に聞いていた。食卓には笑いが絶えなかった。

　食後に、まだ青みの残る早生蜜柑《わせみかん》を食べながら、富士見《ふじみ》川をランニングしているときに、今年二月にサッカー部を退部した市原和樹《いちはらかずき》と偶然会った話をした。和樹は自転車の前カゴに真新しいサッカーボールを入れていたと明かしたら、「じゃあ、練習でもしてたんじゃない」と綾子はうれしそうだった。

「みたいだね」

「さっさとサッカー部にもどってくればいいのに」

　簡単に言うので、「どうかな。そこまで本気かどうか」と答え、遼介は籐《とう》かごの蜜柑をつかんで、自分の部屋に引き上げようとした。

「これ、直しといたからね」

　綾子に手渡されたのは、オレンジ色のキャプテンマークだった。桜ヶ丘《さくらがおか》中サッカー部、前キャプテンの兵藤《ひょうどう》から引き継いだ、使い込まれた主将の腕章。裏側には、兵藤の名前がマジックで書かれていた。頼んだわけでもないのに、綻《ほころ》びが丁寧に縫われていた。

「サンキュー」と言うと、「がんばれよ、キャプテン」と激励が返ってきた。

　三人きょうだいを育てる母は口やかましく、おせっかいで鬱陶《うっとう》しくなるときがある。そんなとき遼介は頭にきて、つい口ごたえをしてしまう。勢いに任せて、言わなくてもいい言葉まで口にしたり、押し黙って自分の部屋へこもることもある。

それでも母は翌朝、いつものように朝練に行く時間に遼介を起こし、朝食をつくってくれる。休みの日であれば、朝早く起きて弁当を用意してくれる。汚れたユニフォームや練習着は、必要な日までにきちんと洗濯が済んでいる。

「いってらっしゃい、がんばってね」

そう送り出してくれる。

きっと琢磨のお母さんも、同じだったにちがいない。

自分にとって家族は、いつもそこにいることがあたりまえの存在だ。そんな存在が、突然いなくなってしまったとしたら……。

夜、ベッドに入る前に、遼介は墨の縁取りのある葉書をもう一度眺めた。それから部屋の明かりを消す前に、机の奥のほうにしまった。琢磨には申し訳なく思ったが、なんとなく見える場所に置いておきたくなかった。

ベッドに横になると、暗い天井を見つめながら琢磨のことを思った。琢磨の境遇について考えれば考えるほど、胸に煉瓦《れんが》を積まれていくように息苦しくなった。琢磨は今夜どんな夢を見るだろう。

――サッカー、続けられんのかな。

なによりそのことが気がかりだった。

自分にできることなど、とても限られている。というか、なにもないような気すらした。

せめて忘れずに寒中見舞いを出そう。遼介はそう思いながら瞼《まぶた》を閉じた。

十二月下旬。遼介はトレセン交流会の練習試合に参加した。秋の新人戦後、メンバーに選出された同じ桜ヶ丘中サッカー部の星川良《ほしかわりょう》も一緒だった。

場所は若葉《わかば》の森《もり》球技場。小学六年生のときに、卒業記念少年サッカー大会の開会式に訪れた芝生のグラウンド。そこは小学生時代に突然消えてしまった琢磨と再会した場所だった。スタンドで不意に腕をつかまれると、それが琢磨のお母さんで、琢磨のいる席まで案内してくれた。琢磨によく似た大きな鼻のあのおばさんが、もうこの世にいないということが、まだ信じられなかった。

あの日、小学六年生だった遼介は、開会式のあと、中学生の招待試合を観客席でチームメイトと観戦した。試合を観ながら、自分もいつかこんな素晴らしい球技場でプレーしたいと胸を焦がした。今ではトレセンの選手に選ばれ、芝生のピッチに立つことも少なくない。あの頃のような特別な感情は、次第に薄れつつある。

後半、二十分。トレセンコーチの山内《やまうち》に呼ばれた。

「武井、準備はいいか？　黒田《くろだ》と交代だ」

遼介は、桜ヶ丘中サッカー部ではこのところフォワードで試合に出場していたが、トレセンではミッドフィルダーとして扱われていた。交代を命じられたポジションはボランチだった。

ピッチにはサッカー部でチームメイトの星川、富士見一中の藪崎《やぶさき》のツートップ。中盤は、右から黒川《くろかわ》中の弓塚《ゆみづか》、キッカーズの黒田、渋谷《しぶや》中の伊賀《いが》、志野《しの》中の日比野《ひびの》。ディフェンダーは、センターバックにキッカーズの宮澤《みやざわ》と堂島《どうじま》コンビ、両サイドには黒川中の脇坂《わきさか》、石丸《いしまる》。ゴールキーパーに南雲《なぐも》中の沖津《おきつ》がいた。青葉《あおば》市トレセンのほぼベストメンバーと言えた。

試合は2対0で青葉市トレセンがリードしていた。得点は、星川と藪崎、二人のフォワードのゴールだった。

試合の残り約十分間、遼介はピッチに立った。でも自分らしさをほとんど出せなかった。無難にパスをまわしているうちに、試合終了のホイッスルが鳴ってしまった。そんな感じだ。桜ヶ丘中では、先発があたりまえの遼介にとって、残りわずかな時間での途中出場はなんともあっけなく、そして味気なかった。

トレセンでの今の自分は、そういう立場だ。それに甘んじている自分がふがいなかったが、求められている積極的な姿勢をアピールできないままでいた。トレセンメンバーの中では、呼ばれてまもない星川が早くも存在感を見せているのとは対照的に、遼介はなかなか認めてもらえなかった。

試合後、山内からは、なにも言葉をかけられなかった。このままじゃマズイ。だが、漠然とした焦りは、わずかな汗と同じように、あっけなく引いてしまった。

トレセンの実施される郊外にある学校や競技場への交通手段は限られている。この日も綾子が車で迎えに来てくれた。遼介は星川と一緒に車に乗り込んだ。星川の母親には仕事があるので、星川に声をかけるよう、綾子がいつも言うのだ。遼介が小学生の頃から、綾子は試合会場への車出しをしていたので、このあたりの地理には詳しく、その点は慣れていた。

「もうすぐ土屋《つちや》が転校するだろ」

車が桜ヶ丘に近づいた頃、それまで黙り込んでいた星川が口を開いた。

「——そうだな」

後部座席の星川の隣に座っていた遼介は、閉じていた瞼を開いた。

「ポジション、どうする？」

「難しいところだな」

遼介はシートから身体を起こした。見慣れた町並みが窓の外を流れていく。

「誰かのポジションを変えるしかないだろ」

「そこらへんは、監督の木暮《こぐれ》さんとも話し合っていかないとな」

「まあ、そーなんだけどさ……」

星川はどこか不服そうな相づちを打った。

二人の会話が途絶えたとき、ハンドルを握っていた綾子が言った。「そういえば、鮫島君のこと、話したの？」

なにも今ここで言い出さなくても、と遼介は思いながら、「ああ、まだ言ってない」と答えた。練習の疲れが身体中に痺《しび》れのように広がっていた。

「琢磨のことって？」

星川に訊《き》かれたので、遼介は先月届いた喪中葉書の件を話した。どうやら琢磨は、星川とは連絡をとっていないようだった。同じように両親が離婚し、母子家庭で育った星川に話すのは、なんとなく気が引けた。もっとも星川にとっても琢磨は幼なじみなわけで、黙っているのは、それはそれでおかしな話ではあったのだけれど。

星川は窓から夜を眺めながら、静かな口調でつぶやいた。「大変だな、琢磨のやつ」

年末は大晦日《おおみそか》、年明けは三箇日だけ、桜ヶ丘中サッカー部の活動は休みになった。

遼介は自宅で家族とのんびり過ごした。

三日は同学年のサッカー部員と申し合わせて、桜ヶ丘小学校のグラウンドに集まった。初蹴《はつげ》りをするためだ。凧揚《たこあ》げをしていた親子連れがいたが、寒さのせいか早々に引き上げてしまった。


参加したのは、桜ヶ丘中サッカー部の二年生十三人。青森に帰省しているシゲこと山崎《やまざき》繁和《しげかず》と、最近練習をサボりがちな片岡純平《かたおかじゅんぺい》の二人が来なかった。


新学期が始まったその日の放課後、髪を肩まで伸ばした小柄な生徒が、教室前の廊下をうろうろと行ったり来たりしていた。開け放たれたドアの向こうから時折視線を感じたが、遼介は気づかないふりをして、自分の席でサッカー部の日誌に目を通していた。

「そろそろ、部活行かねぇ？」

同じクラスの尾崎恭一《おざききょういち》が声をかけてきた。

「ああ、ちょっと待って」

遼介が顔を上げて返事をしたとき、意を決したように、髪の長い小柄な生徒が教室の中に入ってくるのが見えた。

遼介の机の前に立ったのは、元サッカー部員の和樹だった。

「オッス」と小さな声を発したが、遼介は気づかぬふりで日誌を読み続けた。部活動の出席記録によると、一年生の一部の部員と、二年生の片岡の休みが目立っていた。

「最近、調子はどう？」

なにげなく和樹は言った。

遼介は少し間を置いてから、「あ、和樹、いたのか」ととぼけた。

「なんだよそれ、ずいぶん冷たいじゃん」

和樹は机に右手をつき、前髪を鬱陶《うっとう》しそうに掻《か》き上げた。視線が落ち着きなく泳いでいた。

「調子って？」

遼介が訊き返すと、「ほら、たとえば身体のキレとかさ、体調とか、その他もろもろだよ」と和樹は言った。

可笑《おか》しさをこらえながら「悪くないよ」と答えた。

「そうか。そいつはなによりだね。……ところで部員って、今何人？」

「なんの？」

「なんのって、そりゃあサッカー部に決まってるじゃないですか」

言葉遣いが微妙に丁寧で笑えた。

「二年が十五人、一年が十人」

「てことは、合計二十五人か。へー、案外増えてないね」

「四月に、新入部員が入ってくる」

遼介はノートをパタンと閉じてバッグにしまった。少し離れた場所から、尾崎が手櫛《てぐし》で髪を整えながら様子をうかがっていた。

「なあ、遼介」

「ん？」

初めて視線がしっかり絡み合うと、和樹は口を尖《とが》らせて言った。「もしだよ――。もしおれが、サッカー部に復帰したいって言ったら、どうする？」

遼介は和樹を見たまま動かなかった。

「レギュラーとかは、別にどうでもいいんだ。ポジションとかも、とやかく言うつもりはない。そういうことじゃなくて、もう一度一緒にボールを蹴れれば、それでいいんだ」

和樹は息を吸い込んで小鼻を膨らませた。

「どうしてだよ?」

「えっ?」

「おまえ、前におれに言ったよな。プロになれるわけでもないのに、なんでサッカーをつづけてるんだって?」

「そんなこと、言ったっけ?」

和樹は首をひねってしらばくれた。

「プロになるなんて自分には無理だし、おれにも無理だって」

「いや、それは……」

口籠《くちご》もった和樹に、「言ったよなっ」とたたみかけた。

和樹の目と鼻と口が、顔の真ん中に集まってきた。叱られた子供のようになにか言いたげだったが、でもなにも言わなかった。

「そうだよな」

遼介は静かに語りかけた。「おれも最近そう思うことがあるよ。無理じゃねえかって」

和樹はバツが悪そうに下を向いた。

「普通に考えたら、まあ、そうだよ。うまいやつなんていくらでもいる。おれよりでかいやつ、速いやつ、フィジカルの強いやつ……。この青葉市だけでもな。

でもおれはサッカーが好きだ。サッカーが楽しい。だから続けてる。おまえもサッカーがやりたければ、やればいいさ。でもチームの一員として続けるのは、それほど簡単じゃないぞ。中途半端な気持ちなら、ひとりで空き地でボールを蹴ってるほうがいいんじゃないか」

冷ややかな遼介の言葉に、和樹は一瞬ひるんだ。

「どうすんだ？」

遼介は和樹の瞳《ひとみ》を覗《のぞ》き込んだ。

「やりてぇ……」

絞り出すような声だった。

「おまえ、マジでやんのか？」

「やる！」

「簡単にやめないか？」

「ぜってえ、やめねえ――。約束する」

「じゃあ、顧問の湯浅《ゆあさ》先生に話してこい」

和樹はこくりとうなずくと、慌てたのか机に何度もぶつかりながら、教室の出口へと急いだ。

「おい、待てよ……」

遼介の声に和樹はびくりとして振り向いた。その顔は今にも泣きだしそうだった。

遼介はため息をつくと言った。「なんならおれも、一緒に付き合ってやろうか？」

その言葉に、和樹の硬い表情がゆっくりとゆるんでいった。

二人を見ていた尾崎は、やれやれという表情で「なにやってんだか」とつぶやいた。

松の内が過ぎたその日の夜、遼介は鮫島琢磨に寒中見舞いの葉書を書くことにした。あまり余計なことは書かずに、短くまとめた。下書きのときに入れていた「サッカー」という言葉は、使わないことにした。

綾子に見てもらうと、お悔やみの言葉を最初に入れるべきだと指摘されたので、その部分だけ手伝ってもらった。なんだかひどく堅苦しい文章になってしまった。

寒中お見舞い申し上げます。

お母様がご逝去されたとのこと、心からお悔やみ申し上げます。

寒い日が続いていますが、お元気ですか？

今年はお互い三年生ですね。月日の経つのがなんだかとても早く感じます。

また琢磨とどこかで会える日を楽しみにしています。
僕もがんばるので、琢磨もがんばってください。

武井遼介

星川良は背泳ぎのようになめらかに右手を伸ばし、頭上で鳴り響いている目覚まし時計のアラームを止めた。瞼《まぶた》を閉じたまま慎重に伸びをしてから、両膝《りょうひざ》をゆっくり立て、右足インステップで布団のすそを蹴飛《けと》ばした。

時刻は午前五時四十分。カーテンのすき間から見える窓の外は、漆黒だった。

トイレに入り、洗面所で顔を洗って居間へ向かう。二人掛けのテーブルには、すでに朝食が用意されていた。キッチンの流しの前に立っている香織《かおり》に「母さん、おはよう」と声をかけると、「おはよう」と掠《かす》れた低い声が返ってきた。

自分でトースターを用意し食パンを二枚焼き、黄身の潰《つぶ》れてしまったベーコンエッグに、どぼどぼとソースをかけた。

母は料理が上手《うま》くない。最近、そのことに気づいた。というよりも、食べるという行為そのものに執着がないのかもしれない。そういう自分も、いつのまにか似てきたような気がする。試合の日の弁当の中身なんて、腹に溜《た》まればなんでもよかった。むしろ代わり映えのしないおかずのほうが安心できた。

少し遅れて食事の席に着いた香織は、「今日もおばあちゃんのとこ、行ってくる」とだけ言った。

祖母は年末に、これまで世話になっていた老人養護施設を出て、別の施設へ移った。理由は自活ができなくなったためだと聞いた。星川は祖母にしばらく会っていない。そのことが後ろめたかったけれど、返事はしなかった。

小学三年生のとき、両親が離婚し、母の香織と二人で暮らし始めた。しばらくして祖母が家にやって来た。香織は外で働きだし、食事はいつも祖母がつくるようになった。祖母は香織とちがって、料理することを楽しんでいるように見えた。つくってくれる物は、見てくれはよくなかったけれど、どれもおいしかった。

足が不自由だった祖母が施設に入ると、香織はそれまで祖母に任せていた家事をしなくてはならなくなった。人間余裕が無くなれば、食事をつくることも食べることも楽しめなくなる。香織を見ていて、そう思った。

朝食を終え歯を磨き、ジャージの上に黒の詰め襟の制服を着込んだ。そうすれば寒さを凌《しの》げるし、グラウンドに着いて上着を脱げば、すぐに練習が始められる。

時刻は午前六時四十分。エナメルのサッカーバッグを手にして、「いって来ます」と声をかけたが、返事はなかった。最近、香織は反応が鈍い。祖母の具合がよくないせいか、考え事をしていることが多い。それに仕事の疲れも溜まっているようだ。

――あれはちょうど祖母が家に来た頃だった。夏休みにひとりで森へ虫採りに行ったとき、首つり死体を偶然見つけた。死んでいるとは気づかずに、声をかけてしまった。太い枝に白いロープが結ばれているのを見つけて、ようやく事態をつかんだ。恐ろしくて夢中で森を駆けた。

そのとき初めて、人は生きることに行き詰まった場合、自ら命を断つことがあると知った。だが逆に、自分は絶対にそんなふうにはならないと誓った。ただ、疲れた香織を見ていると、まさかとは思うのだが、心配になるときがある。それはトラウマによるものかもしれなかった。

玄関のドアを開くと、アパートの外灯がまだ灯《とも》っていた。冬の朝の空気は冷たく引き締まっている。凍えた手のひらで頬を挟まれたように、もう一度目が覚めた。吐く息の白さを確かめるようにして歩きだすと、顔の出っ張った耳や鼻や頬骨のあたりがたちまち冷たくなった。家を出て三分もしないうちに指先がかじかみ、爪が痛くなる。思わず寒さに首をすくめ、ポケットに両手を突っ込んだ。寒気はやがて下半身をも包み込んでくる。

遠くに見える幕張《まくはり》のビル群のあたりは、朝焼けの色が残り、白んでいく空に半分欠けた月がぽっかり浮かんでいた。学校へ向かう道路には、ヘッドライトをつけた車が行き交い、鳥のさえずりが不意に頭上で起こったかと思うと、すぐに遠のいていく。いつも会う、服を着せた犬を連れている痩《や》せた老人とすれちがった。

最近になって朝練にようやく慣れてきた。中学一年生のときはJリーグの下部組織に所属していたため、朝練などなかった。平日三日の練習、あとは週末の遠征試合が主なサッカーの時間だった。桜ヶ丘中サッカー部に途中入部すると、テスト期間などの部活動中止期間をのぞいて、ほぼ毎日朝練があった。放課後の練習もそうだ。

といっても、すべての体育系の部が朝練をやっているわけではない。グラウンドを使う部では、女子のソフトボール部はまったくやってなかったし、野球部は週にせいぜい三回。朝練の規定上、練習のある時間には顧問の先生が校内にいなければならず、そういう事情もあるのかもしれない。サッカー部は恵まれていた。

サッカー部の朝練は、午前七時から七時五十五分までの五十五分間。といっても、ボールを蹴る時間は着替えやアップや後片付けがあるので、せいぜい三十分くらいしかない。早起きが苦手な星川にとって、最初はかなり苦痛だった。でも今は、少しの時間でも朝からサッカーができることが、うれしくてたまらない。学校に居ながらにしてボールを蹴れるなんて、とても便利な気がした。

朝練の内容については、以前は物足りなかった。基礎練習ばかりに時間をかけていたからだ。今は監督の木暮の指示もあり、やり方もずいぶんと変わった。顧問の湯浅は途中で顔を出すが、サッカー経験がないので口はあまり挟まず、練習はキャプテンの遼介を中心に、あくまで選手たちが自主的に行なっている。

内容的には、実戦により近い練習形式になった。体力強化にもボールを使う。メインのミニゲームは、チームのメンバーを一定期間固定して競い合う。勝敗や得点者を記録するなど、モチベーションを維持するための工夫をしている。現在のところ、得点王は星川。二位に遼介。三位に青山巧《あおやまたくみ》が続いている。

前を歩いていたラーメン屋「浅野屋《あさのや》」の長男、浅野篤《あつし》に追いつき、「うぃっす」と声をかけた。

アッシは、「おはよー」と明るい声を返し、赤く染めた頰をゆるめて「今日も来てるかな？」とうれしそうに言った。

「どうだかな。でもこれぐらいで参るようじゃ、見込みねえだろ」

星川は答えた。

二人が校門に差しかかったとき、坂の上から、ザッ、ザッと竹箒《たけぼうき》がアスファルトをこする音が聞こえてきた。

「やってる、やってる」

アッシは「くふっ」と笑った。

生徒たちに「桜坂」と呼ばれている校門から校舎へ続くなだらかな坂をのぼっていくと、黒いベンチコートを着た坊主頭の和樹の姿が見えた。手にした竹箒を両手でせっせと動かしている。

サッカー部への復帰を申し出た和樹に対して、湯浅はその本気度を確かめるための試練を与えた。復帰の条件として、和樹はサッカー部の朝練の時間に、桜坂の清掃を命じられた。和樹は伸びた髪を自ら短く刈り込んで、毎朝掃除に励んでいる。

「よっ、おつかれーっす！」

アッシは笑いをこらえながら声をかけた。

「あぁ……」

和樹は弱々しい声を漏らした。

「今日で何日目？」

「えーと、五日目かな。手はかじかむし、坊主頭に風が冷たすぎてマジ頭痛がする」

和樹は泣きそうな顔で言った。鼻の先が真っ赤だった。

「がんばれよ」

星川は口元を微《かす》かにゆるめた。

部室に到着すると、すでにグラウンドには練習着に着替えた部員の姿があった。ドリブルをしているのは、遼介。見えない敵を相手に、ボクサーのように上体を揺らすフェイントを繰り返していた。たぶん今日も一番早くグラウンドに来たのだろう。

部室には同学年の部員たちが何人かいた。木暮が奨励した挨拶《あいさつ》の握手を交わし、学ランを脱いで外に出たとき、続々と一年生部員たちがやって来た。

「おせぇーぞ、イチネン！」

シゲがすかさず活を入れた。

グラウンドは、グラニュー糖を撒《ま》いたように地面が白く凍っていた。トレシューで踏みしめると、サクサクと砂糖菓子が割れるみたいな感触がした。星川は早くボールにさわりたくて、ドリブルをしている遼介のほうへ急いだ。


「なんか最近の一年生、だれてねえか？」

放課後の練習が終わったあとで、青山巧が口を開いた。星川と共に副キャプテンを務めている巧のなにげない一言に、同じ思いを口にする二年生部員が続いた。

「思うね、おれも」

「実際、朝練サボるヤツもいるし、遅刻も多い」

「だらだらして、声も出さねえし」

「なんでかな？」

巧が首をかしげると、「おれたちも、あんなもんだったんじゃね？」と沢村《さわむら》がにやけたが、誰も同調しなかった。

「チーム全体に、厳しさが欠如してるんじゃないか」

サッカー部で一番の秀才、今は第二キーパーに甘んじている西牧哲也《にしまきてつや》が言った。

「でも、サボりが多いのは一年だけじゃないだろ。片岡のやつ、最近どうしたんだよ。今日は朝練すら来なかったよな」

シゲが言った。

短い沈黙のあと、「あいつは駄目かもしんない」と土屋直樹《なおき》は言って坊主頭を掻《か》いた。土屋は小学生時代長塚《ながつか》ジュニアーズのキャプテンで、片岡とはチームメイトだった。ほかに霜越大地《しもこしだいち》と甲斐大樹《かいだいき》も同じチームに所属していた。

「なんで？」

「練習に出てくるように、何度かおれからも言ったんだ」

「休む理由でも、あんのか？」という声には、「うーん、どうなんだろう」と土屋は言葉をにごした。

「あいつ、先発外れてからだろ、練習サボるようになったの」

シゲの鋭い突っ込みに、部室がしんとなった。

「話してみるよ」

みんなの視線が部室の片隅に集まった。

「おれも気になってたんだ」

ストッキングを脱ぎながら遼介は言った。


二年生部員の多くは、サッカー部の次期キャプテン候補を木暮輝志《てるし》と考えていた。現キャプテンの遼介もそのひとりだった。一年生の中では一番公式戦に出ていたし、練習も休むことなく真面目に参加していた。とは言っても、輝志に強いリーダーシップを感じている訳ではない。一年生の中では輝志以外めぼしい者が見当たらない、というのが、最大の理由だ。そういう意味では、いかにリーダーに育っていくかという課題が残されていた。

遼介は、そんな輝志を呼びだし、最近練習をサボっている同学年の部員を注意するように伝えた。輝志は「おれがですか？」という顔をして見せたが、遼介ににらまれ、「わかりました」と首をすくめた。サッカーに対しては熱を持っていたが、チームをまとめていこうという自覚や気概はあまり感じられない。こいつが果たしてチームを引っ張っていけるのだろうか、と遼介は一抹の不安を覚えた。

続いて遼介は、練習を休みがちな二年生部員の片岡と話すことにした。放課後の廊下で遼介が待っていると、学生服姿の片岡がスクールバッグを肩にかけて教室から出てきた。

片岡は廊下の窓際に立っていた遼介と目が合ったが、なにも言わずに通り過ぎようとした。

「おい、待てよ」

思わず遼介が強い調子で声をかけると、片岡はバツの悪そうな顔で立ち止まった。

「部活は？」

「今日は休み」

「部活を休むときは、連絡する規則だろ。それにおまえ何日無断で休んでんだよ」

片岡は視線を外し、「だったら、やめりゃあいいんだろ」と早口で答えた。

「なにを？」

「サッカー部だよ」

片岡は苛立《いらだ》ちを込めた目を向けてきた。もともと気の短い性格と知っていたので、驚きはなかった。

「誰がそんなこと言ったよ」

「べつに……」

「どうしたんだよ？」

遼介がなだめる口調に改めると、「兄貴もやめたし」と片岡は言って顔をしかめた。

片岡の兄は、遼介たちにとって桜ヶ丘中サッカー部の二年先輩に当たる。在籍時は俊足の右サイドハーフとして活躍した。当時は市トレセンに呼ばれるほどの選手だったのに、高校ではサッカー部を早々に退部したらしい。理由はわからない。

「兄貴は兄貴だろ」

遼介が言うと、片岡は視線を合わせずに「親もうるせえし」とつぶやいた。

「親？」

「こないだの新人戦、観に来てたんだ。でもおれの出番はほとんどなかった。家に帰ると言われるわけよ。試合にも出られないのに、なんのためにやってるんだって。だったら、もっと勉強しろってさ」

「新人戦はもう終わった。次の目標は春からの大会だろ。練習試合だってある。そこでがんばって、ポジションを奪い返せよ」

「理屈ではそうだ。けど親はそうは考えない。一年生の輝志のやつが試合に出てるのは、監督の息子だからじゃねえかとか言われるし」

「それはちがうって、わかってんだろ？」

遼介は半ば呆《あき》れながら言った。

「腹立つよ、おれだって。でもそういう考えに逃げたくなることもある。それにどうせ高校で続けないなら、今やめても同じじゃねえかって……」

「高校で、サッカーやらないのか？」

「わかんねぇーけど、そこまでガチでやるかは……」

「なあ、片岡、おまえいったい誰のためにサッカーやってんだ？」

遼介が言うと、片岡は口をつぐんだ。

「おまえなっ……」

言いかけて、遼介は言葉と一緒に込み上げた怒りを呑《の》み込んだ。だったらやめちまえ、と言えない自分の立場がもどかしかった。

木暮さんは、そんな人じゃない。信じることが遼介にはできた。自分の目から見ても、今の片岡よりも一年生の輝志のほうが、グラウンドに立つのにふさわしいと思えた。でもその言葉は口にしなかった。

「まあ、そんな感じだからよ」

片岡は背中を向けて歩きだした。

「明日は練習に出てこいよ。待ってるから」

遼介が声をかけると、「うぜえんだよ」と言う声が聞こえた。

遼介はため息をついた。ときどき、キャプテンをやっていて虚《むな》しくなるときがある。どうしてこんなことまで、自分がやらなければならないのかと思う瞬間がある。自分の判断でやっていることとはいえ、報われない場合が多い。

最近、サッカーを続けることは、そう簡単なことではないと、いろんな意味で思えてきた。サッカーは自分ひとりだけで、できるわけではないし、楽しいことばかりではない。

誰もが続けられるものではない気がする。だからこそ続ける価値も、またあるのかもしれないけれど……。

早朝の桜坂の清掃から解放された和樹は、湯浅に命じられ、今度はグラウンドを走り始めた。

ボールを使ったサッカー部の練習を尻目《しりめ》に、和樹は来る日も来る日も黙々と走り続けた。そんな和樹に声をかけ、励ます部員も現われた。土屋は、同じ坊主頭になった和樹に、自分の黒い毛糸の帽子を貸してやった。和樹はその帽子を被《かぶ》ってひたすら走った。

遼介は自分の前を和樹が通り過ぎても、言葉をかけたりしなかった。湯浅の仕打ちを理不尽だとか、かわいそうだとか、思うことはやめにした。和樹がサッカー部に帰ってくるとすれば、続けられるだけの強さを持って帰ってきてほしい。そう願っていた。

訪問者

大寒を過ぎた頃、鮫島琢磨から手紙が届いた。今回は葉書ではなく封書だった。

武井遼介様

お元気ですか？

寒中見舞い状届きました。ありがとうございます。

去年、暑中見舞い状を出しても返事がなかったので、正直言って手紙を出すのはもうやめようかと思ってました。遼介には、遼介の世界があるわけで、それはそれでしかたないことだからね。

ただ、自分は今、もしかすると人生最大のピンチを迎えているのかもしれない。そんな気がしている。今の自分には、気兼ねなく話ができるような相手が身近にいない。というよりも、いなくなってしまった。だから迷惑かもしれないけど、また手紙を書くことにしました。

　母さんがいなくなって、あたりまえだけどいろんなことが変わった。これからは祖父の家で暮らすことになりそうだ。小学生時代に母さんと一緒に世話になった田舎の家。とは言っても、こっちには知り合いがほとんどいない。近所にはサッカークラブがなかったので、週末になると自転車を一時間近くこいで、隣の町にあるクラブまで通っていた。おぼえてるか？　遼介たちと対戦した若潮《わかしお》イレブン。六年生のときはキャプテンを任せられたけど、それまではかなり浮いてたんだ。

　母さんがいなくなって一番変わったのは、サッカーに対する自分自身の気持ちかもしれない。どういうわけかサッカーを楽しめなくなった。自分が活躍しても、喜んでくれる人はもういない。ボールを相手のゴールに入れることなんて、なんだかとても無意味に思えてきた。少し前までは必死になってゴールを奪うことばかり考えていたのに、不思議だよな。

　今は正直なにもやる気が起きない。だから学校にも行ってない。毎日海ばかり眺めて過ごしている。こんなに自分のからだや気持ちが重たいのは、生まれて初めてだ。

　なんだか暗い話になってゴメンな。でも今はそんな感じなんだ。こっちの話ばかりじゃなく、今度は遼介の話も聞かせてくれよ。ケータイ持ってないから、手紙でよろしく。元桜ヶ丘FC《エフシー》の仲間は、みんな元気でやってるか？

それじゃあ、また。

鮫島琢磨

手紙を読んだあと、遼介はしばらくベッドに横になり、じっとしていた。琢磨の無気力が伝染してしまったようだった。喪中葉書では知り得なかった琢磨の今が、少しだけ垣間《かいま》見《み》えた気がした。

琢磨の手紙の住所は、埼玉県三郷市から、千葉県南房総《みなみぼうそう》市に変わっていた。南房総へは、小学校の低学年の頃、海水浴に行ったことがある。サッカーの練習がないお盆のときだ。台風がきたすぐあとで波が高く、潮だまりで泳いでいたら、クラゲに刺されてひどい目に遭った。

小学校の高学年になってからは、サッカーに明け暮れ、家族と海水浴に出かけることはなくなった。ある意味ではそういう時間を遼介は犠牲にしてきた。でもそれは自分がサッカーを選んだわけで、悔いはない。サッカーをしているときが一番楽しかったし、自分だけチームの試合や練習を休みたいとは思わなかった。

遼介は重たい腰を上げ、綾子に便せんを出してもらい返事を書き始めた。今度は自分のサッカーに関する近況も入れることにした。琢磨は自分の気持ちを素直に書いている気がしたので、自分もなるべくそうするように心がけた。

鮫島琢磨様

手紙ありがとう。

そっちの海は、きっときれいなんだろうね。とてもうらやましいです。

僕は桜ヶ丘中サッカー部で、今もサッカーを続けています。去年の新人戦では市でベスト4に入り、県大会にも出場しました。チームはとても盛り上がりました。

ただ、今年は中学年代最後の年なのですが、悩みもあります。守備の中心選手のひとりが転校してしまうからです。それに練習にあまり出てこない部員もいます。先日、同じ学年の部員から、退部を考えているように言われました。

僕はキャプテンなのですが、そういう人たちにどこまで声をかければいいのか、よくわからなくなるときがあります。サッカーをやめたいという人を、引き留めるべきなのかどうか。

後輩である一年生たちは、残念ながらなかなか伸びてきません。もうひとつやる気も感じられず、腹も立つのですが、これは自分たちにも責任があるのかと思っています。なんだかグチってしまいましたね。

元桜ヶ丘FCの仲間は元気です。星川と僕は市のトレセンメンバーです。星川はトレセンのチームでもバンバンゴールを決めていますが、僕のほうは、なかなか使ってもらえません。

そういえば、サッカー部を一年生のときにやめた和樹が、復帰します。それが最近の明るいニュースですかね。和樹のやつは、やけに張り切ってます。

今週末はホームグラウンドで練習試合があります。機会があれば、こちらにも遊びに来てください。また手紙をください。返事は必ず書くつもりです。

武井遼介

土曜日、練習試合前のグラウンドには和樹の姿があった。早朝と夕方、走り続けた和樹は、この日ようやくサッカー部への復帰を正式に認められた。和樹がサッカー部をやめる原因となった試合での非紳士的行為について、湯浅は改めて部員全員に注意を与え、「これで水に流す」と和樹に告げた。

練習試合の対戦相手は、隣接した市にある熊沢《くまざわ》中学校サッカー部。新人戦では県大会に進出したチームで、先方から試合の申し込みがあった。

外部コーチながら監督を務める木暮の指示により、チームは二年生のAチームと、一年生のBチームに分かれた。公式戦にも出場してきた輝志、女子ながらテクニックのある通称「エイト」こと蜂谷《はちや》麻奈《まな》は、本来であればAチームに選ばれてもおかしくなかったが、同学年のBチームに入ることになった。

「監督、Bチーム、ひとり足りません」

一年生キーパーのアキオの声がした。

「じゃあ、おれがBチームに行くよ」

すかさず言ったのは、土屋だった。

「いいのか？」

木暮に訊《き》かれると、四月に転校する予定の土屋は「オッケーです」と明るく答えた。

「それじゃあ、Aチームのキャプテンは武井。Bチームは誰がやる？」

髪を七三にきれいに分けた湯浅が訊《たず》ねた。

黙り込んでいる一年生たちを見て、「輝志、おまえだろ」と遼介は声をかけた。

「どうするんだ？」

湯浅が黒縁メガネのブリッジを中指で押し上げて重ねて問うと、渋々といった感じで、輝志は手を挙げた。

チーム分けのあとで、遼介はなにも言わずに土屋の肩をポンと叩《たた》いた。

Aチームは、練習を休んでいる片岡を除いた二年生十四人。Bチームは一年生十人に土屋を入れて十一人となった。輝志による注意が効いたのか、一年生は全員参加していた。

各チーム、ポジションはキャプテンを中心に、選手たちが話し合って決めることになった。木暮からは、最終ラインを4バックにすることだけ求められた。

Aチームは新人戦と同じフォーメーションで試合に臨むことにした。土屋の抜ける中盤の守備的なポジションを誰が担うのか、それが話し合いの焦点になった。まず一本目は、控えメンバーの湯川拓也《ゆかわたくや》が試されることになった。

フォーメーションは4―3―3。スリートップは右から星川良、武井遼介、沢村聡太《そうた》。中盤は、右に青山巧、左に浅野篤。少し下がった位置に、土屋に代わってアンカー役の湯川。ディフェンスは、センターバックに尾崎恭一と山崎繁和。サイドバックは、右に霜越大地、左に甲斐大樹。ゴールキーパーは長内陽介《おさないようすけ》に決まった。

サブのキーパーの西牧哲也、中津川健太《なかつがわけんた》、再入部した市原和樹が控えにまわった。

試合は三十分を一本として、AチームとBチームで交互にまわしていく方法がとられた。

一本目にはAチームが出場した。

「よっしゃ！　がんがんいこうぜ！」

久しぶりの試合に昂揚《こうよう》しているのか、ベンチの和樹はよく声を出していた。

Aチームの一本目は、試合開始早々から厳しい局面を迎えた。アンカーの位置に入った湯川は、白いユニフォームの熊沢中のすばやいプレスに圧倒され、パスミスやボールを奪われるシーンが目立った。プレッシャーに耐えきれず、湯川がずるずる下がってしまうので、自《おの》ずと最終ラインもペナルティーエリア近くまで後退した。得点こそ奪われなかったものの、失点を覚悟すべき決定的な場面も何度かあった。

結局、一本目はスコアレスドローに終わったが、桜ヶ丘中にとって課題の残るゲームになった。チャンスは何度かつくったけれど、攻撃に厚みがなく、選手の個人技に頼っていた。一方の熊沢中は、突出した選手はいないけれど穴の少ないチームで、何度かゴール前まで攻め込んできたが、詰めの甘さを見せた。

試合後、次のゲームのやり方を、選手交代も含めて、遼介を中心にチームで相談した。アンカーの重責を果たせなかった湯川は、表情を無くして悄然《しょうぜん》としていた。

「やっぱ、土屋がいないと厳しいな」

巧はつい本音を漏らした。

「おれがやるよ」

名乗りを上げたのは、シゲだった。

センターバックのシゲは、どちらかと言えばファイタータイプだったので、アンカーというポジションは悪くないかもしれない、という意見で一致した。

「で、センターバックはどうする？」

星川が言うと、「じゃあ、おれがやろうか」と声がした。

部員たちの視線を集めたのは、キーパーグローブをはめた哲也だった。

「哲《てつ》ちゃんか……、小学生時代センターバックやってたから、いいかもな」

オッサが推した。

「たしかに」

コンビを組むことになる尾崎もうなずいた。

「よし、じゃあそれでいこう」

遼介は即決した。哲也をこのまま控えに置いておくのは、もったいない気がしていた。

それから、バックラインをもう少し押し上げることや、攻撃にもっと枚数をかけることなどを確認し合った。木暮は近くで話を聞いていたが、腕を組んだまま口を出さなかった。遼介から見て木暮は、選手たちの自主性を重んじるタイプのコーチだった。

ピッチでは次の試合が始まっていた。Bチームは、相手も同じ一年生主体のチームだというのに早々に押し込まれ、あっけなくゴールを許してしまった。一年生の大半がうつむいた。その姿に「なにやってんだよ、あいつら」と呆《あき》れ顔で巧がつぶやいた。

Bチームのパスは、なかなかつながらない。守備でも連係が悪く、プレスがかからずボールを奪えない。もうすぐ二年になるというのに、試合を観ている限り、チーム作りが遅れていることは明らかだった。

遼介はジャージの上着を羽織ってベンチで試合を見つめた。ピンチになる度に前の列のパイプ椅子に座った湯浅が、「いやー」とか「おいおい」とか「うわっ！」などと短い感嘆詞を使って、胸の内をさらけだしていた。対照的に木暮は黙ったままゲームを見守っていた。

Bチームのセンターバックに入った土屋は、何度も大きな声を上げた。ピッチに立った一年生は、体育の授業で初めてボールにさわったように、自信なさげにプレーしていた。試合に勝とうという気概は、ほとんど伝わってこない。トップの位置に入った輝志にしても、Bチームの一年生たちの中に見事に埋没していた。

思わず遼介は舌を打った。

「おい、あれ誰だ？」

遼介がにらむように試合を観ていたとき、巧に声をかけられた。

ピッチを挟んだ反対サイドのタッチライン際に、二人の男がいた。ひとりは黒のベンチコートに身を包んで、古い電柱でつくられた黄色いベンチに腰かけている桜ヶ丘FC《フットボールクラブ》会長の峰岸《みねぎし》。遼介たちの小学生時代の監督だった。そしてもうひとり、峰岸から少し離れた場所に背の高い男が立っていた。黒いジャンパーを着て、襟元に赤いネックウォーマーを巻いている。

遼介が首をかしげると、「おいおい、しっかりクリアしろよ!」と巧が耳元で叫んだ。

Bチームの一本目は、結局0対1で終わった。

Aチームの二本目には、一本目に出られなかった選手が交代して出場した。シゲは新しいポジションに果敢に挑んだ。プレーに荒さはあるものの気持ちだけは入っていた。ただ、相手を潰《つぶ》すことはできたが、ボールを有効に展開するまでには至っていなかった。センターバックに入った哲也は、久しぶりのフィールドで慌てる場面もあり、ヘディングのクリアミスで敵の先制点を許すきっかけをつくってしまった。

課題とした厚みのある攻撃で得点を奪うことはできなかった。もともと両サイドバックの霜越と甲斐は、攻撃的な選手とはいえない。センターフォワードの遼介が落ちて作ったスペースを使って、右ウイングの星川が強引にドリブル突破し1点をもぎ取ったが、サイドから崩すことはできず、結局1対1の引き分けに終わった。

そんな中で、実戦から遠ざかっていた和樹が、要所要所で光るプレーを見せた。左利きの和樹は、ムラはあるがテクニックを持っていた。真面目に練習に励めばレギュラーを脅かす可能性が充分にあると、遼介は感じた。あのままやめずに続けていたら今頃は……と思ったが、その考えは打ち消した。和樹の汗だらけの顔には、ある一定の手応《てごた》えを感じた喜びが滲《にじ》みでていた。

昨年の新人戦準決勝で敗れた試合を遼介は思い出した。スコアは0対2だったが、多くの部員が市のトレセンメンバーに選出されている黒川中に終始押し込まれた。県大会レベルのチームと互角に渡り合うには、チームとしてさらなるレベルアップが必要だと、そのとき強く感じた。それにはポジション争いを含めたチーム内での競争が不可欠な気がした。そういう意識がこのチームには希薄だ。二年生でポジションを失ったのは片岡くらいで、その片岡は競うことさえせず、チームを去ろうとしている。

一年生の二本目が始まる頃、反対サイドに目を遣《や》ると、いつのまにか峰岸が黒いジャンパーの男と並んで腰かけていた。どうやら二人は顔見知りのようだった。

Bチームは、二本目も中盤でプレスがかからず、再び失点した。センターバックの土屋が孤軍奮闘していたが、前線で孤立した輝志は腰に手を当てて黙り込んでいる。キーパーのアキオがひとり気を吐いて叫んでも、声は返ってこない。おろし立ての赤いスパイクを履いた麻奈は、なんとかサイドから崩そうと試みるが、フォローする者がいない。結局得点は奪えず、さらに2点を献上した。

試合後、キャプテンの遼介が進行役を務めて、ミーティングを開いた。監督の木暮、顧問の湯浅、ゴールキーパーコーチのタクさんは、選手の輪の外側で話を聞いていた。

Aチームに関しての多くの意見は、遼介の抱いた感想に概《おおむ》ね近く、守備の課題を挙げる者が多かった。ポジションを含めて、チームを再構築する必要がありそうだ。土屋の抜ける穴は、予想以上に大きいと遼介は改めて痛感した。

話がBチームに移ると、二年生から辛辣《しんらつ》な意見が飛んだ。

「おまえら、大丈夫かよ?」

そう切り出したのは、一緒にプレーをした土屋だった。「戦ってたのは、エイトくらいだよ。声が出てるのは、キーパーのアキオだけ。このままでいいのか? なんだか心配になっちゃったよ」と続けた。

「どうして、もっとみんなで盛り上げねえんだよ」

声出しが得意なオッサが言えば、「だいたい日頃から朝練サボったり、放課後の練習に遅れてきたり、だれてんじゃねーの、一年は」とシゲは太い眉《まゆ》を段違いにして怒った。

一年生は、羊の群れのようにおとなしかった。

麻奈には、一定の評価が与えられた。男子に勝るフィジカルやスピードはないが、ボールを失わない技術があり、サイドで起点をつくれていた。同年代と戦う秋の新人戦では、充分戦力になるはずだ。

遼介は一年生の覇気のなさが気になった。話をしている最中に、しっかり目が合ったのは麻奈くらい。多くは目を伏せ、自信がないというよりも、やる気さえ感じられなかった。キャプテンを務めながら反省を口にしない輝志に対しては、軽い苛立《いらだ》ちを覚えた。

「まあ、今日はこんなところにしておくか」

湯浅が助け船を出した。

最後に木暮から話があった。チーム内でのコミュニケーションについてだった。自分の思っていることや考えを、チームメイトに伝えられるプレーヤーになるよう求められた。そのためには、日頃の挨拶《あいさつ》や会話を大切にするように言われた。

「普段できないことが、試合のときに、どうしてできるんだ?」

木暮は言った。

それは以前から注意されていることでもあった。

ミーティング後、遼介は木暮に呼ばれ、今日も休みだった片岡について訊《き》かれた。最近の片岡の部活の参加状況と、本人と話した内容を木暮に伝えた。

「すいません」と遼介が言うと、「最後は、自分で決めるしかないからな」と木暮は言って、伸びた顎鬚《あごひげ》を撫《な》でた。

「サンキュー、遼介」

木暮はどこか寂しそうに笑った。

試合後のグラウンド整備が終わってから、遼介はキーパーの居残り練習に付き合うことにした。自分にとってもプレースキックの練習になるので喜んで引き受けた。ほかの部員たちはグラウンドをあとにした。

三十分ほどボールを蹴《け》ると、オッサが音をあげたので、哲也とさらに続けた。利き足である右足のインステップ、インフロント、インサイド、アウトフロント。かなりイメージ通りに蹴ることができた。特にアウトに微妙に引っかけて蹴るボールは、最近威力を増している。蹴るときの立ち足の位置は、通常はボールの横に置くが、少し手前のボールの後ろ側にとることによって、強いボールが蹴れるようになってきた。試行錯誤の末に編みだした遼介なりの蹴り方だった。

「やっぱ、いいキック蹴るなぁ、遼介は」

オッサが褒めれば、「アウトで蹴るキックは、たしかに読みにくいな」と哲也も認めてくれた。

キーパー練習を終えてからも、遼介はひとりでグラウンドに残った。今度は左足の練習だ。インサイドでの短いパスなら、両足共ある程度自信はあった。だが長い距離を飛ばすキックとなると、どうしても利き足に頼ることになり、左足では距離も精度も物足りなかった。たとえばサイドチェンジや、一発で決定的なチャンスを生むロングパスを、左足でも正確に蹴れるようになりたかった。

高いレベルになれば、相手は選手の利き足を見極めて対応してくる。利き足である右足を封じられたとき、左足でボールを扱うことができれば、プレーの幅が広がるはずだ。今日の試合でも、左足から右足にわざわざ持ち替えなければならない場面が、何度かあった。そうなると、どうしても時間がかかってしまい、難しいプレーを余儀なくされるか、チャンスをふいにすることになる。

そんなことを考えながら、ひとり黙々と左足の練習を続けていると、桜坂側の木立の中の男に気づいた。誰かと思えば、峰岸と一緒に試合を観ていた黒いジャンパーの男だった。試合の途中でいなくなったが、いつのまにかそこに立っていた。男は顔の下半分を覆うように、赤いネックウオーマーをしていた。

遼介はボールを集め、練習を終わりにして部室に引き上げた。着替えをすませ、サッカーバッグを肩にかけて部室をあとにすると、桜坂の下にさっきの男がいた。中学校に入ってから少し視力の落ちた目を細めたら、男がこちらを見ているのがわかった。身長は一八〇センチはある。かなり体格はよさそうだった。

——誰だろう。

みぞおちのあたりに気だるさを感じながら坂道を下った。横を通り過ぎようとしたとき、男はサイドステップを使ってすばやく前に立ちはだかった。一歩あとずさった遼介に向かって、男は「よっ！」と声をかけてきた。驚きで遼介は一瞬かたまった。

「おれだよ！」

笑いを含んだ声が言った。

「えっ？」

男が赤いネックウオーマーを下げると、大きなだんごっ鼻が現われた。

「なに、ビビってんだよ」

男は相好を崩した。

「おまえ――琢磨！」

顔も声も身体つきもずいぶんと変わっていたが、紛れもなく幼なじみの鮫島琢磨だった。驚きで、遼介はもう一度かたまってしまった。

琢磨と会うのは、小学六年生の卒業記念少年サッカー大会以来だった。琢磨は当時も小学生としては長身だったが、また一段とでかくなっていた。昔と同じ丸顔に、髪が無造作に伸びていた。額と頰にニキビの跡が目立った。

「手紙、ありがとな」

「突然来て、おどかすなよ」

「遊びに来いって、書いてあったじゃん」

琢磨は寒さのせいか身体を揺するようにした。履いている黒いトレーニングシューズは、父の耕介の革靴より大きそうだった。

遼介は琢磨と並んで歩きだすと、誘われるままに桜ヶ丘小のグラウンドへ向かった。

「みんなに、会わなかったのか？」

「ああ、途中まで試合を観たあと、ここいらをぶらついてた」

「そっか」

「試合、しょっぱかったなぁー」琢磨が顔をしかめて見せたので、遼介は苦笑した。

「そういえばグラウンドで試合を観てたら、どこかで見たような顔のオヤジがいるじゃん。誰かと思ったら、峰岸さんでさ。最初はおれのことわからなかったみたい。おれは、ちゃんと覚えていたけどね。あの顔は、さすがに忘れられねーよ。よく怒られたし」

「だろうな」

「うん。いろいろ訊かれて、まいった」

琢磨は鼻の頭を掻《か》いた。

「いろいろって？」

「小学生のときに、どうして急にいなくなったとか、あれからどうしてたとか、母ちゃんは元気かとか、いろいろ……」

「そうか。ずいぶん、突っ込まれたな」

「まったくね、久しぶりとはとても思えんわ。おれのこと、マジで今でもガキ扱い」

琢磨はうれしそうに目尻《めじり》を下げた。

桜ヶ丘小学校は、今年一月、校舎の耐震工事がようやく終わった。二人は正門から入ると、桜ヶ丘FCの部室の前で立ち止まった。早くも夕暮れの迫った校庭には、人影はすでになかった。

「変わってねえなぁ」

懐かしい匂いでも嗅《か》ぐように、琢磨は目を細めた。

「覚えてるか？」

「ああ、だってここが、おれのサッカーの原点だから――」

琢磨はつぶやくと、グラウンドに向かって歩き始めた。

亡くなった琢磨の母親について、なにか言葉をかけるべきかと思ったけれど、遼介は言いだせなかった。なんと言えばいいのかわからなかった。身体がだんだん冷えてきて、筋肉が硬くなってくる感じがした。

そのとき琢磨がぽつりと言った。「母ちゃん、死んじまった」

グラウンドはやけに静かで、歩いて行く自分たちの足音だけが、いつもより大きく耳に響いた。乾いたグラウンドは、琢磨とボールを蹴り合った頃と同じ白茶けた色をしていた。

「突然だったからな」

琢磨はひとりごとのように続けた。「ホント、まいったよ。泣いて、泣いて、泣きまくった。……目が痛くなって、見えなくなるんじゃねえかと思うほど泣いた」

遼介は、琢磨の少し後ろを黙ってついていった。

「さっき、母ちゃんと一緒に住んでたアパートを見にいって来たんだ。線路沿いのボロアパート。驚いたことに、まだ残ってたよ」

振り向いた琢磨の頬に、微《かす》かな喜びの色が差した。

「そっか……」

遼介は線路脇にあるそのアパートを思い出した。

琢磨が学校に来なくなったとき、星川や哲也たちと一緒に見にいった。古い木造のアパートは、もう何年も人が住んでいないように、ひっそりと佇《たたず》んでいた。塗装の剝《は》げかけたドア、貼りついたプラスチック製の表札には、油性マジックで書かれた「鮫島」という文字が残っていた。外に出したままの二槽式洗濯機の中をのぞいたら、琢磨の使っていた、古ぼけたサッカーボールがあった。それは琢磨によれば母ちゃんが拾ってきたボールで、小学生が使うボールよりひとまわり大きな五号ボールだったので、練習のときはいつも爪《つま》弾《はじ》きにされていた。

そのボールは、琢磨がわざとそこに置いていったにちがいない。

――さよなら。

ボールは、琢磨の代わりにそう言っている気がした。

パネルの取れかけたボールを手にした星川が、顔をしかめてなにか言いかけたとき、それを許さないように、不意に轟音《ごうおん》を立てて線路を特急電車が通り過ぎた。まるで琢磨との思い出を掻き消すように……。

「母ちゃんがいなくなってから、なにもする気が起きねえ。あんなに筋トレしてたのに、不思議だよな。どこにも力が入らねえんだ」

琢磨は弱々しく笑った。「今は、母ちゃんがいた世界とは、まるでちがう世界に立ってるような気がする」

その言葉に、遼介は唇を噛《か》んだ。

昔、よくそうしたように、遼介と琢磨は、校庭の一番奥にあるアスレチックコースの半分埋まったタイヤに腰かけた。ペンキの剝げかけたタイヤは、尻にひんやりとした。

琢磨は母親が亡くなってからは、サッカーどころか学校にすら通っていないと、手紙にも書いてあった話をした。がっちりとした身体をしているので、傍目《はため》には元気そうに見えるが、いまだ深い悲しみの水底《みなそこ》で膝《ひざ》を抱えてじっと座り込んでいるのだと、話を聞いていて知った。

小さい頃の琢磨は、どうしようもないほどの悪ガキだった。この桜に囲まれたグラウンドでは、いつも我が物顔で振る舞っていた。誰かを泣かすことはあっても、決して自分が泣くことはなかった。悩みなんてこれっぽっちも感じさせなかった。そんな琢磨が今、自分の隣で肩を震わせている。

琢磨はしばらくさめざめと泣いたあとで、手の甲で涙を拭《ぬぐ》った。ポケットからくしゃくしゃになったティッシュを取り出し、二重にして大きな音を立てて洟《はな》をかんだ。

「死んじゃう少し前のことだよ……」

琢磨は話し始めた。「母ちゃん、中華料理屋で働いてた。ある日、びっくりさせようと思って、クラブの練習の帰りに、こっそり店に食いに行ったんだ。そしたら母ちゃん、店の人に何度も怒鳴られてた。客が大勢いる前で、そんなに怒らなくてもいいじゃねえかって、すげえむかついた。よっぽど、こんな店やめちまえって叫びたかったけど、それはしなかった。

それから母ちゃん、やっとおれに気づいて、えらく驚いた顔してやがんの。おれが大盛りの餃子《ギョーザ》ライスを食って店を出るまでに、母ちゃん、三十八回も『すいません』って言ってた……。

謝ってばかりの人生だったから、もうそれが口癖になっちゃったんだな。その日、家に帰ったら、おれにまで『ごめんね』ってしつこく言うもんだから、怒鳴っちまった。すげえわりいことしたよ……。

母ちゃんは家計が苦しくても、好きなサッカーをやらせてくれた。だからおれは中途半端じゃなく、マジでサッカーをやってきたつもりだ。母ちゃんを喜ばせるために。せめてサッカーでは、自慢の息子になろうと思ってさ。テストや通信簿でいい成績をとることは、おれにはできねえから。自分にとってサッカーは、唯一母ちゃんをいい気分にさせてやれる手段だった……。

でも、もう、おれの喜ばせたい人は、この世にいない。サッカーをやる意味なんて、なくなっちまった。ずっと二人きりだった。母ちゃんとは、戦友だったからな」

琢磨はこらえていたが、涙が汗のように、ぽたぽたと地面に落ちた。

今の自分にできることは、琢磨と同じ風景を眺め、少しのあいだ一緒に泣くことくらいだと遼介は思った。誰もいない冬のグラウンドに吹く北風が、それにどんな意味があるのかまるでわからなかったけれど、地表に浮いた乾いた砂を右から左に動かしていた。

しばらく二人で泣いたあと、琢磨は急に笑いだした。

「わりいな、急に来といて、泣いてばっかで」

「いいんだ——。それより、なにもできないかもしれないけど、でもなにかあったら、言ってくれよな」

遼介は、それだけは伝えた。

琢磨はうなずくと言った。「なにか力になれることないかって、みんな親切に言ってくれる。言われる度に、おれは本当にひとりぼっちになったんだなって思う。今日も峰岸さんから言われた。すげえありがたい。でもな、実際のところあんまりねえんだよ、頼めることなんて」

琢磨は力を抜くように笑ってみせた。

言ってることは、わかる気がした。

「これから、どうすんだ？」

遼介は訊《き》くと、底冷えのする夕まぐれの地面を靴の踵《かかと》で削った。

「ホントは、じいちゃんのとこに帰るつもりだった。けど、ひと晩だけ、峰岸さんにお世話になることにした」

「家は、大丈夫なのか？」

「大丈夫もなにも、誰も気にしちゃいないよ、おれのことなんて。おれを心配してくれたのは、母ちゃんだけ」

「でも、じいちゃんがいるんだろ？」

「あの人にとって、おれは厄介者。自分のことだけで精一杯なんだよ。まあ、連絡だけはするけどね」

琢磨はタイヤから腰を上げた。

二人は来たときと同じようにグラウンドを横切って歩いた。いつのまにか日はすっかり落ちて、空には星が瞬いていた。

少年用の白いゴールポストの前を通り過ぎるとき、琢磨は言った。

「会えてよかったよ。遠かったけど、来た甲斐《かい》があった。やっぱり、なんだかんだ言っても、ここがおれのふるさとのような気がする。

――遼介、左足がんばって練習しろよな。おまえなら、きっと蹴《け》れるようになっから」

迷い

琢磨と別れたその日、夕食後に自宅の電話が鳴った。

リビングでテレビを観ていた遼介は、子機を握った綾子の視線を感じて、すぐにサッカー部に関することだと察した。琢磨のことかと思って、不安になった。

綾子は真面目腐った顔で、何度も「えー、えー」を繰り返してはうなずいて、ようやく電話の子機を置いた。

案の定、話はサッカー部に関係していた。電話は土屋の母親からで、直樹がまだ家に帰って来ないとのことだった。

「あんた知らない？」と訊《き》かれたので、首を横に振った。

首に手を当てた綾子は、やけに心配そうだった。

「今日の練習試合には来てたよ。おれが最後だから、夕方の四時前には全員帰ったはずだけど」

遼介が答えると、「それがね、部活からは一度帰ったらしいのよ」と言われた。

「じゃあ、友だちの家じゃないの？」

「仲のいい霜越君や甲斐君の家に連絡を入れたけど、いないって」

「試合で疲れてるはずなんだけどな」

「なんだかね、お父さんと言い合いになって、家を飛び出したらしいのよ。だから余計心配みたい。お母さんも慌てちゃって……」

「どうしたのかなぁ」

遼介がつぶやくと、綾子は電話の子機を握った。

「どこに電話する気？」

「二年生のサッカー部員の親に連絡網でまわしてみる。土屋君のお母さんも、できればそうしてほしいって」

「わかった」と言ったものの、遼介は首をかしげた。

最近の土屋は、朝練でも夕練でも、とても生き生きと楽しそうにしていた。短く刈ったいがぐり頭で、いつも夢中になってボールを追いかけていた。変わった様子はこれといってなかった。

今日の試合後のミーティングでは、ほかの二年生部員以上に、土屋は下級生に対して真剣に意見していた。そんな姿を見て、改めて土屋のリーダーシップを感じた。チームのことを考え、それを行動に移せる部員はなかなかいない。試合中の土屋の仲間を鼓舞する声は、キーパーのオッサの声と共に、桜ヶ丘中サッカー部にいつも力を与えてくれた。一年生の輝志にも、少しは見習ってほしい姿勢だった。

いったん自分の部屋に移った遼介は、時計の針が午後九時半をまわると、リビングに顔を出した。

「見つかった？」

「それが、まだ連絡ないのよ」

綾子は沈んだ声で答えた。

「連絡網、まわしたんだよね？」

「誰の家にもいないって」

「おかしいな……」

「まったく、どこ行っちゃったのかしらねぇ、この寒い中」

綾子は小さくため息をついた。

遼介の知る限り、土屋は学校でなにかトラブルを抱えているようなことはなかった。去年の夏の総体前には、オッサの起用について遼介とぶつかったけれど、それ以降かえってお互いの理解が深まった気さえした。

「大丈夫かしら」

浮かない表情で綾子はつぶやいた。

「どうしてあいつ、家を飛び出したりしたわけ？」

遼介は、綾子の言葉を思い出して訊いた。

「それがね……」

綾子は眉《まゆ》をひそめて「転校のことらしいのよ」と言った。

「転校？」

土屋の母親の話によれば、夕飯前に父子で口論になったらしい。土屋が引っ越しの準備をいっこうに始めようとしないことを父親がとがめたところ、土屋は激しい口調で反発した。その態度に怒った父が、息子の頬を張ると、なぜ自分が家の犠牲にならなくちゃいけないんだ、という意味の言葉を残して家を飛び出したらしい。厳格な父親に、土屋がそんな態度をとったのは初めてだった。

「そうだったんだ」

「やっぱり、辛《つら》いんだろうね」

綾子は言った。

土屋は、今日の試合、自分から志願してAチームではなくBチームでプレーした。それは自分が去るチームの今後を思っての行動だったはずだ。

去年の新人戦の前に、「マイホームが親父の夢だったからしかたない」と照れくさそうに話していた土屋の姿を思い出した。一度は自分の中で受け入れたはずなのに、ここへきて急に気持ちがぐらつき始めたのかもしれない。

どんな事情であれ、別の土地で暮らさなければならない、と自分が今告げられたら、激しく戸惑うにちがいない。慣れ親しんだ土地や、友人だけでなく、これまでチームで積み上げたものすべてを失ってしまう。それは自分のサッカーを、言ってみれば取り上げられるような気分かもしれない。おそらく簡単には納得できない気がした。

「無茶しなきゃいいけど」

綾子は自分の肘《ひじ》をつかんでため息をついた。

遼介はリビングのテーブルの上に開かれた青い表紙のクリアーファイルを手に取った。ポケットに入ったプリントは、去年の春に配付された桜ヶ丘中学校サッカー部の連絡網だった。プリントの一番上には、顧問である湯浅の名前と連絡先があり、続いて部長の遼介の名前と連絡先がある。そこから枝がふたつに分かれて、サッカー部の二年生全員の連絡先が載っている。

——どこにいるんだろう。

そう思って連絡網を眺めていると、「もしや」と思いつき、電話の子機を握った。

「どうしたの？」

「ちょっと待って、もうひとりいたんだ」

遼介はクリアーファイルのページをめくった。ファイルには、サッカー部の月間スケジュールやトレセンの案内状など、サッカー関係の書類が綴《と》じられていた。その中から桜ヶ丘FC時代の連絡網を見つけだした。

「誰よ？」と綾子に訊《き》かれたが、遼介は無視した。

電話の子機を持って自分の部屋に移り、その電話番号にかけた。

呼び出し音が五回鳴ったあとで、聞き覚えのある声の主が出た。

「もしもし、武井ですけど」

「おう、遼介。どうしたこんな時間に？」

昼間と同じ呑気《のんき》そうな声が返ってきた。

「おまえ、今なにやってる？」

「えっ、ゲームで盛りあがってるとこだよ」

「おい、早くしろって……」

得意そうな和樹の声に、別の声が重なった。

「ゲーム？」

「そう、サッカーゲーム。けっこううまくてさ、ハゲのやつが」

「ハゲとはなんだ、ハゲとは。おまえだってハゲだろ！」

声がまた聞こえた。

「馬鹿！」

思わず遼介は叫んだ。

「えっ？　おまえ今、馬鹿って言った？」

和樹は、なぜだかうれしそうな声で訊き返してきた。「そうなんだよ、おれたちハゲてる上に馬鹿だからさ」

「おまえな、土屋が家に帰ってこないって、大騒ぎになってるんだぞ」

「え、……だってこいつが、うちで一緒に夕飯食べたら、今日は帰らなくてもいいって言うからさ。それに明日、練習午後からでしょ。うちの親も、だったら泊まってけって……」

「おい、頼むよ」

「えっ、どうすりゃいい？」

「とりあえず、土屋と替われ」

そう言った途端、「ゴオォォール」という叫び声が聞こえてきた。

遼介はたまらずため息をついた。

電話に出た土屋の声は、とつぜん現実に引きもどされたせいか、ひどく沈んでいた。いつものような覇気がなかった。

「家には帰らない」

説得を拒もうとする土屋に、遼介は目下の状況を伝えた。土屋の母親から自宅に電話があったこと、サッカー部の連絡網を使って土屋を捜していること、今もみんなが心配していること……。

「おまえの気持ちは、わかる」

遼介は自分の胸の内を素直に伝えようとした。「おれだって、できることならチームに残ってほしい」

「なんでだよ。なんで今なんだよ。これからチームは面白くなるっていうのに。うちのチーム、可能性あるもんな。みんなと一緒に、最後までサッカーやりてえよ。今年の夏の総体まで……」

遼介は黙ったまま、土屋の震える声を聞いていた。

「チャンスなんだぞ、最後の年なんだぞ、もう二度とないんだぞ……」

声はやがて嗚咽《おえつ》に変わった。

遼介は粘り強く土屋の話を聞いた。土屋は桜ヶ丘中サッカー部に対する思いと、ありったけの自分の不満を吐き出そうとした。土屋の気持ちが痛いほど伝わってきた。

「おれたちだって同じさ。おまえはチームの守備の要《かなめ》だ。それはみんなわかってる。最後までおまえと一緒にやりたかったよ。――でもな、もしそれが叶《かな》わないなら、敵と味方同士になったとしても、またどこかのグラウンドで一緒にサッカーがしたい。そう思ってるよ」

遼介は言うと、唇の端を強く結んだ。

長い沈黙のあとで、土屋は言った。「わかったよ。——今から帰る」

「じゃあ、家にはそう連絡するぞ」

「うん、頼む」

土屋は落ち着いた口調で答えた。

「本当にちゃんと帰れよ」

受話器を置くのを待っていると、土屋の声が聞こえてきた。

「ああ、もう大丈夫だ」


その夜、土屋は無事に家に帰ったと、和樹が電話で教えてくれた。和樹は土屋を家まで送ったらしい。電話を切る前に「すまなかった」と和樹が詫《わ》びたので、「おまえがあいつの分まで、がんばれ」と遼介は言った。

深夜近くになって、土屋の母親から電話がかかってきた。リビングルームで長いあいだ綾子は話し込んでいた。

新顧問

「土曜日の練習試合のとき、グラウンドに試合を観に来てたやつがいたろ」

峰岸は居酒屋「安《やす》」のカウンターに座って、焼酎《しょうちゅう》のお湯割りを先に飲んでいた。最近、横着になったのか、峰岸は夕飯を「安」ですませることが多くなった。妻の恵理《えり》を亡くして、もうすぐ二年がたとうとしていた。

「ああ、いたな」

革のジャンパーを脱いだ木暮は、それを椅子の背にかけ、カウンターの席に座った。席の前には水槽が置いてあり、サザエが肌色の吸盤をガラスに張り付けていた。水槽の隣には高さ三〇センチほどの寸胴《ずんどう》の透明な瓶があり、たくさんの泥鰌《どじょう》が底に溜《た》まっていた。柳川鍋《やながわなべ》にされる運命を受け入れたように、泥鰌たちはじっとしている。

「遼介たちと同じ中学生だ。今年の春、三年になる」

「そうか、かなりでっかく見えたけどな」

「そうだろ。おれより背が高い。桜ヶ丘ＦＣ出身だ」

「まあ、教え子といっても、三年生になる前にいなくなった」

「教え子か？」

「いなくなった？」

「年の暮れに、母親と夜逃げをしてな」

「ほう」

「母ひとり、子ひとり。苦労も多かったんだろうな」

「あっ、思い出した。遼介たちが六年生のとき、最後に対戦したチームの子だろ。あのときもずいぶんでかい小学生だと思ったけど、さらにでかくなったってわけか」

「そう、そいつだ。鮫島琢磨」

「たしか、館山《たてやま》のチームの子だったたな。準優勝して、大会のベストイレブンに選ばれたろ」

「ああ、こないだまで、埼玉県の県トレに所属してた」

「埼玉に引っ越したのか？」

「でも、また舞いもどった」

「どこに？」

「南房総市だ。じいさんの家があるらしい」

「なんでまた？」

「去年の秋に母親を亡くした。両親は離婚して、父親は行方知れず。唯一頼れるのが、七十過ぎた母方の祖父ってわけだ」

「せつないな」

木暮はそこで話を切って、カウンター越しに瓶ビールを頼んだ。

「じゃあ、今度は千葉県のトレセンか？」

木暮は言ったが、峰岸はすぐには答えなかった。

白い割烹着《かっぽうぎ》を着た店のおばちゃんが、冷えた瓶ビールと小振りのグラスを持ってきた。

峰岸が瓶ビールを受け取って、最初の一杯目を木暮のグラスに満たすと、お互い軽くグラスを持ち上げるだけの乾杯をした。

「サッカー、やめたらしい」

峰岸はつぶやいて、不満を表すように下唇を突き出した。

「それどころじゃないって話か」

「まあ、そういうことかもな。じいさんからは、やめるように言われたようだ。遊んでいる場合じゃねぇって。そうは言ってもな、あの体格だろ、惜しいよなぁ」

峰岸は舌打ちをして、酒臭い息を吐いた。

木暮は自分で注いだ二杯目のビールの泡を啜《すす》った。

「じつはこないだ来たときに、一晩だけウチに泊めてやった。父親がいないせいかな、妙にかしこまりやがってさ。ガキの頃はクソ生意気でやんちゃ坊主だったくせに、もうすっかり大人が入ってやがった。せっかくメシをつくってもあんまり食わねえから、今のおまえに一番大事なのは食うことだって、叱ってやった。母親が死んだショックから、まだ立ち直ってないな」

峰岸の言葉に、木暮はうなずいた。

「今度、南房総市まで、ちょっくら出かけてこようかと思う」

「なんでまた？」

「昨日、琢磨のやつから電話があったんだ。なにかあれば連絡しろって言っておいた。相談したいことがあるらしい」

「そうか。で、お母さんは、またどうして？」

「交通事故らしいんだが、詳しくは聞いてない」

「事故か……」

木暮は目尻《めじり》の皺《しわ》を指先でなぞった。

「ちょっとな、思うこともあってな――」

峰岸は言うと、手を伸ばして寸胴の瓶を指先で小突いた。驚いた泥鰌たちが、一斉に瓶の底から水面に向かって、からだをよじらせながら泳いだ。

「無茶するなよ」

木暮は、泥鰌を眺めている中年男につぶやいた。

卒業式のあった週末、転校する土屋のために壮行試合が行なわれた。最後だからと、片岡に来るよう遼介は誘ったが、結局現われなかった。「しかたないよ」と土屋は笑ったけれど、残念そうだった。

対戦は、主力組のAチーム対一年生中心のBチーム。今回はAチームの控えの選手が、Bチームにまわった。主役である土屋は、Aチームのセンターバックで出場した。それが本人の希望でもあった。土屋は声を張り上げ、バックラインを統率し、自分らしく熱くプレーした。

試合は5対0でAチームの圧勝。0点に完封した土屋たちディフェンス陣は、試合後に手を合わせて健闘を讃《たた》え合った。観戦に足を運んだ保護者たちの中には、土屋の両親の姿もあった。息子が、このチームでどういう存在だったのか、きっとわかってくれたはずだ、と遼介は思った。

試合後、湯浅の計らいで、グラウンドでバーベキューパーティが催された。初めての試みに部員たちは大喜び。肉は、湯浅をはじめコーチたちのポケットマネーで、野菜は、農家を営む霜越の家から大量に差し入れがあった。母親たちが準備してくれた温かい豚汁も人気だった。

桜ヶ丘中サッカー部で最後までプレーしたい、という土屋の願いは、残念ながら叶《かな》わなかった。でも、この日の土屋の目に涙はなかった。自分の思い通りにいかない現実を受け入れた顔は、どこか吹っ切れたようで、すがすがしくもあった。

会の終わりに、キャプテンの遼介が代表して、コーチと部員全員の寄せ書きの色紙を土屋に手渡した。部員の前に立った土屋は、別れの挨拶《あいさつ》の中で、転校先である岬台《みさきだい》中学校のサッカー部に入部すると宣言した。扇形に囲んだ仲間たちから、拍手と激励の声が上がった。

土屋は整列したチームメイトひとりひとりと握手を交わした。

「別れは、遅かれ早かれいつかくるもんだ。土屋にとっても、私にとっても……。おまえなら、岬台中のサッカー部でも充分やっていけるはずだ。お互いがんばろう」

湯浅はレンズの奥の目をしょぼつかせて、土屋の肩を叩《たた》いた。

「まだ時間はあるさ。あせらずに、夏の総体までにレギュラーをとって、おれたちの前に立ちはだかれ。なにかあったら、いつでも遊びに来いよ」

木暮の言葉に、土屋はしっかりうなずいた。

「よっしゃ、ぜってえ対戦しようぜ」

シゲが言うと、「負けねぇぞ」と土屋は人差し指を顔の前で振ってみせた。

順番を待っているあいだに泣きだしたオッサは、土屋の手を握って、ぽろぽろと涙をこぼした。感極まって言葉が出てこない。

「頼んだぜ、オッサ。おまえは桜ヶ丘中の守護神だ。一緒にゴールを守ったことは、絶対忘れない。いいか、ゴール前から飛び出すときは、必ずボールにさわれよ」

「うん」とオッサはうなずくと、「おまえもがんばれよ。今度のチームでは、ゴールだけはまちがえるなよ」と涙声で言った。

最近土屋と親密になった和樹は、抱き合って別れを惜しんだ。「いつでもウチに遊びに来いよ。一緒にウイイレやろうぜ」。お互いのいがぐり頭をなでまわした。

最後に、土屋は遼介の前に立った。

「いろいろあったけど、サッカー部、すごく楽しかった。霜越と甲斐のこと、頼んだぜ。いいチームだったよ。遼介と一緒にプレーできたこと、おれにとってすごくプラスになった気がする。おれもあきらめずにサッカーを続ける。気が早いけど、高校に行ってもな。だから約束だぞ、また、どこかのグラウンドで必ず会おうぜ」

「わかった、約束するよ」

遼介は右手を差し出した。

「サンキュー、キャプテン」

土屋は唇を震わせながら、遼介の右手を強く握りしめた。

修了式のあとで、遼介は湯浅に呼びだされた。

来るように言われたのは、職員室ではなく理科準備室だった。空中廊下で特別棟に渡って、理科準備室のドアの窓から中を覗《のぞ》くと、机に白衣姿の湯浅がいた。目が合ったので、軽く頭を下げた。

「まあ、座れ」

穏やかな表情で、湯浅は迎え入れてくれた。

「いよいよ、武井たちも今年は三年生。勝負の年だな」

「はい」と返事をして、実験用の広いテーブルを挟んで、湯浅の前の椅子に腰かけた。机の上には、サッカーの指導書が何冊か積まれていた。

「どうだ、調子は？」

「休みがちな部員が数名いますが、怪我人もなく、みんながんばってます」

「チームじゃなくて、おまえの調子だよ？」

「あっ、自分は――まあまあです」

遼介の答えに、湯浅は薄く笑った。

「うちの子、最近調子いいぞ」

「そういえば、サッカーやってるんですよね」

遼介が話を合わせたので、湯浅はうれしそうにうなずいた。自宅のリビングで長男とパスの練習をしている話を聞かされた。子供をサッカースクールに通わせようか迷っているらしい。この一年で、湯浅はずいぶんとサッカーとの距離を縮めた気がした。

「さて、本題に入るとするか。今日来てもらったのは、キャプテンのおまえには、とりあえず伝えておこうと思ってな」

湯浅の顔から笑みが消えた。「ところで、サッカー部について、なにか噂でも聞いてるか？」

「いえ、特には……」

「いや、それならいいんだ」

湯浅は顔の前で右手を振り、表情をいくぶんゆるめた。

遼介はいったいなんの話だろう、と姿勢を正した。

「じつはな、サッカー部の顧問が、四月で替わることになりそうだ」

「えっ？」と思わず声を漏らした。

「まだ誰になるとは明言できない。でも私でなくなることは、たしかだ」

「ホントですか?」

「本当だ。ただ、公務員には守秘義務というものがあってな、だから悪いが詳しいことはまだ話せない。近いうちにははっきりするはずだ。まずそのことだけ伝えておこうと思ってな」

遼介はうなずくしかなかった。

「心配するな。おそらく経験豊かな指導者がくる」

「監督やコーチは、どうなりますか?」

「木暮さんやタクさんとは、これから話す。ただし、そこのところは次の顧問次第だろうな。木暮さんからは、協力するのはあくまで指導経験のあるコーチがくるまで、と言われている。だから身を引かれる可能性もある」

「そうですか」

遼介は声のトーンが落ちたことに自分で気づいた。

「そう、がっかりするなよ」

「それで、湯浅先生は?」

「ああ、私か、……私は、まあ、息子のよき指導者を目指すとするかな」

湯浅は冗談でごまかすと、机のサッカーの指導書を遼介のほうに押し出した。

「これは、キャプテンに渡しておくよ」

「えっ、いいんですか、……ありがとうございます」

「礼を言うのは、こっちのほうだ。短いあいだだったけれど、世話になった。サッカーを知らなかった私が、ここまで顧問を続けられたのは、部員たちのおかげだ。その中でも特に助けられたのが、卒業したキャプテンの兵藤、そして現キャプテンのおまえさんだ。もちろん木暮さん、タクさんにも感謝している。正直苦労もしたが、楽しかったよ」

「先生……」

「まあ、そのうちわかるさ——。ところで、春休みの練習の予定、もう決まってるよな。今月末に離任式がある。その式が終わったあとで、みんなに挨拶をしたい。すまんが、部員を集めてくれないか」

「わかりました」

「それから、片岡のやつが昨日退部届を持ってきた。これ以上部活を休むような幽霊部員は、認められない。私からも注意はしたんだ。退部の理由は、早めに受験に備えるためだそうだ。キャプテンに引き留められた話もしていた。最終的には自分で決めたと言うので、受理した。まあ、しかたないだろう」

「そうでしたか」

「武井、サッカー部を頼んだぞ」

湯浅は腰を浮かせて、のっぺりとした右手を差し出した。

数日後の朝、新聞を開いていた綾子が騒ぎだした。

「大変じゃない、これ見なさいよ。サッカー部の湯浅先生、転任だってよ!」

学校名と名前がぎっしりと並んだ「四月から代わる先生」という紙面を差し出された。

「やっぱり、そうなんだ」

遼介はトーストにバターを塗りながら答えた。

「あんた、知ってたの?」

「ちょっと前に、サッカー部の顧問が四月で替わるって言われた」

「どうして、それを早く言わないの?」

「まだ人には話すなって雰囲気だったから」

「そうだったの。でも母さんにくらい教えなさいよ」

「だめだめ、母さんこそ、おしゃべりだから」

「まったくもう。哲也君のお母さんに、さっそく連絡しなきゃ」

「ほらみろ」

「なによ、あたりまえでしょ」

綾子は早口で言うと、電話の子機を手にした。

遼介はトーストを齧《かじ》りながら、サッカー部の新しい顧問について考えた。その人物は、湯浅の話では、ほかの中学校から転任してくるはずだった。だとすれば、綾子の見せてくれた新聞に、名前が載っているのかもしれない。

でも、チラッと見てうんざりした。とてもじゃないけれど、名前が多すぎて探す気になれなかった。それに名前だけわかったところで、しかたない。

おそらく新顧問はサッカー部の指導経験のある人だと、湯浅は言っていた。三年の春に顧問が替わることは、チームにどんな影響を及ぼすだろう。期待よりも不安が勝った。できれば木暮さんやタクさんも、コーチとして残ってほしかった。若くてやる気のある先生が来てくれるといいな、と遼介は淡い期待を抱いた。

琢磨から、また手紙が届いた。

封筒に硬いものが入っていたのでなにかと思えば、貝殻だった。親指の爪くらいの白い二枚貝の片方だった。

遼介へ

このあいだは、サンキュー。

久しぶりにそっちに帰って、いい気分てんかんになったぜ。照れくさかったから言わなかったけど、遼介や星川たちのサッカーをする姿を見て、ちょっとだけうらやましかった。自分もずっと桜ヶ丘に住んでいたら、いったいどうなっていただろう、なんてな……。

あの日は、遅くなったから峰岸さんのアパートに泊めてもらった。わざわざ牛肉を買ってきて、すき焼きをごちそうしてくれたよ。卵は買い忘れたらしいけど（笑）。ナベをつつきながら二人でいろいろと話をした。そんなふうに自分の母親以外の大人と長いあいだ話したのは、久しぶりだった。いや、初めてかもしれない。マジでありがたかった。

こっちに帰ってから峰岸さんに連絡を入れたら、なんと、わざわざ訪ねて来てくれた。びっくりこいた。峰岸さんは日本酒のいっしょうびんを手土産に家に来るもんだから、じいちゃんもご機嫌でさ。それで、峰岸さんと、じいちゃんと、おれの三人で話をした。おれの将来について。

そのとき、峰岸さんに強く言われたのは、なにがなんでも中学校をちゃんと卒業しろ、ということ。すごく普通なことだよな。母ちゃんが生きている頃であれば、おれにとってもそうだったはずだ。でも、今の自分には、正直よくわからなくなっていた。

峰岸さんは、おれの将来には、まだまだいろんな可能性があると言ってくれた。お酒を飲みながらだけど、すごく熱く語ってくれた。中学校にまじめに通えば、高校進学の道も自《おの》ずとひらけると言ってた。どうしてそこまで峰岸さんが心配してくれるのか、おれには謎だったけどね。

これから、峰岸さんの言ってた話をよく考えてみようと思う。少しだけ元気が出てきたよ。

「悲しみを引きずってでも、人は生きていくしかない」

峰岸さんの言葉が、今も耳に残ってます。

じゃあ、またな。

鮫島琢磨

手紙を読み終えた遼介は、なんだかうれしくなって、すぐに返事を書いた。人と人とは、どこかでつながっている。そんなふうに思えた。

琢磨へ

手紙読んだよ。

すき焼きに卵がないのは、ちょっと辛《つら》いよね。

世の中には、自分の子供をぎゃくたいする親もいるし、子供を毛嫌いする大人もいる。でも、自分には子供がいなくても、子供たちにサッカーを教えている人もいるんだよね。

峰岸さんは、僕らが六年生のときに奥さんを亡くした。だから琢磨の気持ちがわかるのかもしれない。僕にとっては、とても厳しくて怖い監督だったけど、峰岸さんが監督でよかったと、今は思ってます。なぜなら峰岸さんは、今も僕らのことを応援し続けてくれているから。

先日、同じ学年のサッカー部員がひとり退部した。理由は受験のためと言ってたらしいけど、本当かどうかわからない。でもそれは、そいつの決めたことだからしかたないと思う。だけど本当にそれで後悔しないのか、それはわからない。

じつは自分もサッカーをやめようと思ったことがある。星川もそうだった。和樹は実際やめてしまい、苦労してまたもどってきた。

琢磨は前の手紙で「サッカーを楽しめなくなった」と書いてたけど、そういうことってあるのだと思う。だから今は無理することはないよ。じっくりこれからのことを考えるといい。

これはとても勝手な思いだけど、いつ、どんなかたちにしても、琢磨がもう一度サッカーをするときがくればいいな、と僕は思ってます。そのときは一緒にボールが蹴《け》れたら、最高だろうね。

　なるべく早くよい道が見つかるといいですね。琢磨からの次の知らせを楽しみに待っています。

　四月から、サッカー部の顧問が替わることに決まったので、今は期待と不安でいっぱいです。お互い、がんばろうぜ！

武井遼介

　三月三十一日、離任式の終了後、サッカー部員は部室前に集合した。グラウンドでボールを蹴っている私服姿の二人組がいた。誰かと思えば、桜ヶ丘中サッカー部ＯＢ、元キャプテンの兵藤先輩と吉井《よしい》先輩だった。どうやら離任式に合わせて、湯浅に会いに来たらしい。

「ちわっす！」

　遼介が近寄っていくと、挨拶《あいさつ》代わりのパスがきた。

「おう、遼介。新人戦、いいとこまでいったらしいな」

兵藤はあいかわらずのニキビ面で笑った。

「おまえらがもう三年かよ。はえーよな」

吉井は、遼介からのパスをトラップすると言った。

「そう言う先輩たちは、高二ですよね」

「まあな」

「ほかの先輩たちも、みんな元気ですか？」

「ああ、元気だと思うよ。でもサッカー続けてるのは、遂《つい》におれと吉井だけになった。サッカー部に入部したやつらも、途中でやめちまった」

「どうしてですか？」

「そりゃあ、いろいろさ。バイトが忙しくなったり、サッカーよりも楽しいものを見つけたり、人それぞれだからな。おれだって、同年代のやつがチャリンコに彼女乗っけて走ってるの見れば、自分の人生に疑問を感じることもある」

兵藤は両腕を組んで遠くを見た。

サッカー部員たちは、先輩たちのまわりに集まってくると、「ちわーす」と次々に声をかけた。

「それより、おまえら大変なことになったたな」

兵藤がまぶしそうな顔をしたので、「なにがですか？」とすかさずシゲが訊《たず》ねた。

「サッカー部の、次の顧問のことだよ」

「どうなるんですかねぇ」

巧が語尾を上げると、「知らないのか？」と吉井に言われた。

「稲荷塚《いなりづか》中から転入してくる先生がいるだろ。たぶんその人だぞ」

兵藤の言葉に、興味津々の巧が食いついて「それって、誰ですか？」と訊《き》いた。

「稲荷塚中サッカー部の元監督」

「そうなんすか？」

「おまえら、稲荷塚中と対戦したことない？」

吉井の問いかけに、遼介は首をひねった。すぐには頭に浮かばなかった。

「どんな人ですか？」

期待を込めて訊くと、「まあ、あとはお楽しみにとっておこう」と兵藤は意味深に答えた。

「かなり強烈らしいぞ。稲荷塚中では、練習が厳しくて部員が何人もやめたって聞いたことがある。その監督に逆らって、干されて泣く泣く退部したやつもいたって話だ。気をつけろよ」

にやつきながら吉井は言った。

「脅かさないでくださいよ」

巧は引きつった顔で笑い返した。

「まあ、ホントのとこはわからないけどな。ほかの先生が顧問になる可能性だってある。ただな、稲荷塚中は強かったぞ。おれらの代の頃は県大会の常連だった。そういう意味じゃ、かなりやり手の監督なのかもな」

兵藤は遼介に向かって言った。

そこへ胸にバラのリボンをつけたスーツ姿の湯浅が現われ、兵藤と吉井は挨拶に駆け寄った。しばらく三人で話をしたあとで、先輩たちは帰っていった。

「悪いな、待たせちゃって」

湯浅は集まった部員たちの前に立ち、改めて別れの挨拶を口にした。

部員たちは幾分緊張した面持ちで湯浅の話を聞いた。その中には、サッカー部の新体制の話も含まれていた。去就の気になる木暮とタクさんについては、近いうちに新任の顧問と話し合いが持たれ、今後のことが決まるという。

「来るのは経験豊かなサッカー指導者だ。その先生がサッカー部の顧問になってくださるはずだ。ぜひ、がんばってほしい」

湯浅は名前までは明言しなかったが、その人物は、兵藤の話していた稲荷塚中の元監督であることは、どうやらまちがいなさそうだ。

「学校は移っても、桜ヶ丘中サッカー部を陰ながら応援してるよ」

湯浅は何度もうなずきながら言った。

遼介は部員を整列させ、代表してサッカー部を去る顧問に感謝の言葉を贈った。

「僕たち二年生にとっては二年間、一年生にとっては一年間という短いあいだでしたが、大変お世話になりました。たくさん練習試合ができたのも、毎朝、朝練ができたのも、湯浅先生のおかげです。外部コーチである木暮さんとタクさんを迎えられたのも、先生のご理解によるものだと思っています。先生は、精一杯僕らをサポートしてくれました。本当にありがとうございました」

湯浅はスーツに身を包んだ痩《や》せた身体を深々と折って、「こちらこそ、ありがとう。少し寂しい気もするが、楽しかった。これで、さよならだ」と言って、目をしばたたかせた。

遼介は、最後の挨拶の号令をかけた。

「気をつけーっ、れーい！」

「あっしたーぁ！」

サッカー部員たちの大きな声が、体育館と部室に挟まれた狭い広場にこだました。

桜坂をのぼる生徒たちの歩調が、開花した桜の花のせいで、少しだけゆったりとする春。

始業式に先立ち、新たに赴任した先生方を迎える着任式が、桜ヶ丘中体育館で始まった。

壇上には七人の転入教職員が並んだ。その列のひときわ背の高い年配の男が一歩前に出ると、背筋を伸ばしたまま一礼した。

「草間《くさま》泰造《たいぞう》先生。一年B組担任。担当科目、社会科。サッカー部、新顧問」

教頭の紹介を聞きながら、遼介は思わず目をみはった。

——あの男だ。

その瞬間、過去の自分のプレーが、鮮やかに甦《よみがえ》った。

一年生だけのチームで勝ち進んだ新人戦の決勝トーナメント二回戦、対稲荷塚中の後半。転校してしまった土屋からの前線へのロングボールに反応した遼介は、ボールがタッチラインを切る寸前に、右足アウトサイドでトラップ。その浮かしたボールを、自分の前を走る巧にパスするために、もう一度右足アウトサイドで前方に叩《たた》いた。ちょうど敵のベンチ前での出来事だった。惜しくも巧は追いつけず、ボールはタッチラインを割ってしまったけれど、パスが思惑通り通っていれば決定的なチャンスにつながったシーンといえた。

その幾分アクロバティックなプレーに、敵のベンチで怒鳴り続けていた男が噛《か》みついてきた。

「ちゃらちゃらしたプレーしやがって……ガキどもが」

背の高い男は挑発するように言った。

たしかあのときは、日差しが強かったせいか、色の濃いサングラスをかけていた。

──まちがいない。

自分がつばを飲み込む音が聞こえた。

視線を感じて隣のクラスの列を見ると、巧がこちらを見ていた。顔をしかめて、両手を広げるポーズをとった。どうやら巧も覚えていたらしい。


始業式のあとで、明日の入学式の予行練習を行ない、教科書の配付を受けると、午前中で授業は終わりになった。最高学年となった遼介たちの教室は、見晴らしのよい校舎の三階に移った。天気のよい日には、海の向こうに富士山が見えるという話だった。あいにくこの日は、空に雲がかかっていた。

その教室で尾崎と弁当を食べていると、二年から繰り上がりで同じクラスになった神崎《かんざき》葉子《ようこ》と矢野《やの》美咲《みさき》が声をかけてきた。

「ねえ、サッカー部の新しい顧問って、おっかなそうだね」

尾崎の隣の机に腰かけ、葉子は足をぶらつかせた。

「そうかー、見かけだけじゃん。あんがいやさしいオヤジかもよ」

尾崎は冷凍食品らしきミニハンバーグをパクついた。

「サッカーに詳しいのかなぁ」

葉子が首をひねると、ハンバーグを飲み込みもせずに、「どうだろう。体格いいから、やってたのかもな」と尾崎は口をもごもごと動かした。端整な顔立ちに似合わず、行儀が悪い。

二人のやりとりを聞きながら、遼介は黙って弁当を食べた。消化をよくするために、よく噛むように心掛けた。

「ねえ、キャプテン。新しい顧問のこと、なにか知ってる?」

葉子に急にふられた遼介は、ゆっくり弁当箱から顔を上げた。でも、なぜだか目が合ったのは、葉子の向こう側に座った美咲とだった。慌てて顔を伏せたが、なんだかふわっとした気分になった。自分では意識していないつもりなのに胸が騒いだ。あのまま目を合わせていたら、いったいどんなことが起こるのだろう――。そんなおかしな興味を抱いた。

遼介はかぶりを振ると言った。「稲荷塚中。一昨年《おととし》の新人戦の決勝トーナメントで対戦した。そのとき、監督だった人だよ」。余計なことは口にしなかった。

「へえー」

「覚えてるか?」

「いや、まったく」尾崎は首を横に振った。

「じゃあ、サッカーの指導経験のある人が顧問になったたってわけだ。よかったね」

美咲が会話に参加してきた。

遼介が黙っていると、「あんたね、美咲が『よかったね』って言ってるんだから、なんとか言いなさいよ」と葉子に叱られた。

「あ、ごめん。ちょっと考えごとしてた」

「なによそれ。タイミング悪すぎ」

葉子は腕を組んで、苛立《いらだ》たしげに両足をぶらぶらさせた。

「強かったのかな、その中学のサッカー部？」

美咲の質問に遼介が答えようとしたとき、「なーに、たいしたことないよ」と尾崎が口を挟んだ。その無責任な言葉に呆《あき》れていると、箸《はし》がすっと伸びてきて、残しておいた鶏《とり》の唐揚げをさらわれた。

「おいっ！」と、とがめたが、鶏の唐揚げは尾崎の箸の先からすでに消えていた。

「ひどーい」

美咲が声を上げる。

「遼介、ディフェンス甘いぞ」

葉子にからかわれた。

「いつ食っても、遼介んちの唐揚げは抜群だねぇ。なにがちがうんだろ？」

尾崎の褒め言葉に、うまく黙らされた。

「ねえ、今度、お弁当つくってきてあげようか？」

突然、美咲が言ったので、ぎょっとした。明らかに遼介に向かって発せられた言葉だった。

「えっ、いいの？　つくってつくって。おれ、好き嫌いとかないから。あったとしても、カンペキ残さない！」

尾崎が耳元で大きな声を出し、自分の好物について語りだした。まったくよくしゃべる男になったものだ、と遼介は感心した。なんだか弁当を食べた気がしなかった。

練習着に着替えて、グラウンドに向かうと、ゴールポストの傍にあの男がいた。サッカー部の新顧問、草間泰造は、濃紺のジャージの上に白いベンチコートを羽織っていた。足元は磨き込んだ黒のアディダスの三本ライン。身長約一八〇センチ。近くで見ると短髪には白いものが交じっていたが、腹は出ていない。深い皺《しわ》を刻んだ顔の皮膚は、長い時間グラウンドで過ごしてきた者特有の赤銅色をしていた。皺の一本一本の溝まで浅黒く、彫りの深い顔の窪《くぼ》んだ眼は、やけに黄味がかっていた。

「集合！」

遼介は声をかけ、部員を集めた。

「や・り・な・お・し」

草間はわざと言葉を間延びさせるようにして言った。「集まるのが、遅い」

部員たちは渋々、もと居た位置に散っていった。小学生じゃあるまいし、巧の顔にはそう書いてあった。

集合をやりなおしたあと、草間は部員たちの前に立ち、しばらく値踏みするように、じろじろと眺め渡した。口元は緊張を解いていたが、決してゆるんではいなかった。

「部長は、誰だ？」

低い声で問われたので、「はい」と答えて遼介は一歩前へ出た。

「名前は？」

「三年A組、武井遼介です」

「副部長は？」

星川と巧が黙ったまま挙手をした。

「星川と青山です」

遼介が答えた。

「キャプテンは？」

少しの間を置いて、「あのー、うちは部長とキャプテンの区別は、ありませんけど」と哲也が言った。

「じゃあ聞くが、もし部長さんがベンチから外れた場合、どうするんだ？」

草間は腕を組んで待ったが、誰も答えなかった。

――今のはジョークだろうか。

だとすれば、遼介には笑えそうになかった。

たしかに部活によっては、部長と試合におけるキャプテンを分けている部もあると聞いたことがある。草間の言いたかったのは、そのことだろうか。

「まあ、いい。それより、グラウンド整備がなっちゃいねぇーな。これじゃあ、ボールが落ちつかねぇだろ。それにボールも汚い。新しい顧問が来たというのに、挨拶《あいさつ》もろくにできん。だから強くなれないんだよ、おまえらは」

草間は勝手に決めつけたあとで咳《せ》き込み、喉《のど》を鳴らして地面に痰《たん》を吐いた。

「うへっ」

前列にいたオッサが、わざとらしく身を引いた。

「桜ヶ丘中とおれが監督をしていた稲荷塚中とは、たしか一昨年の新人戦で対戦した。今の三年生が一年生のときだ。その試合を覚えている者はいるか？」

草間は自己紹介を飛ばして話を続けた。

反応がないとみるや、「なんだおまえら、自分が出た試合も忘れちまったのか」と笑った。

「覚えてます」と遼介は言った。

「ほかには？」

巧が手を挙げた。

黄色い眼がぎょろりと動き、少し遅れて口が動いた。「あのときは、稲荷塚中の勝ちだ。2対0だった。今朝、当時の手帳を読み返したら、面白いことが書いてあった。まあ、その内容は言わずにおこう」

部員たちは緊張の面持ちで話を聞いていた。いつものように集中を切らして、雑談をする者はいなかった。

「どうした？　今度の顧問は、ずいぶん厄介そうなオヤジだな、とでも思ってるんじゃないのか？」

部員の気持ちを見透かすように薄く笑った。

オッサと沢村が、例によって笑いをかみ殺していた。

「まあ、いいさ。おまえらがどう思おうがな。おまえらは、これまで前任の指導者のやり方でやってきた。そのことに異存はない。だが、今日からおれが顧問だ。そこは、はっきりさせとくぞ」

「質問です！」

明るい声で手を挙げたのは、オッサだった。

「なんだ？　ふとっちょ」

「ふとっちょ？　えーっ、おれ、まだ太ってますかね？」

オッサが自分を指さしておどけると、まわりで笑いが起こった。

「用件はなんだ？」

「サッカー部の顧問は、草間先生だけなのでしょうか？」

その言葉に草間は脱力するように首を垂《こうべ》らして、「副顧問はいることはいるが、まあ、期待しないほうがいい。サッカーボールを一度も蹴《け》ったことのない女の先生だ」と答えた。

「木暮さんとタクさんは？」

「ん？　誰だ、そいつら？」

草間はベンチコートに手を入れたまま、鬱陶《うっとう》しそうに口元を歪《ゆが》めた。

オッサの質問で、一度はゆるんだ部員たちの表情がたちまち引き締まった。

「ああ、聞いてるよ。協力してくれている、外部コーチさんのことだろ。まだなんとも言えんなぁ。ただ、監督はこのおれだ。それはまちがいない」

草間は、部長だけ残るように言うと、すぐにグラウンド整備のやり直しに取りかかるよう部員たちに命じた。

「いいか、グラウンドの凸凹《でこぼこ》をトンボできっちり直せ。それが終わったら、次はボール磨きだ。ちゃんとできなければ、いつまでもボールは蹴れないからな」

草間の態度は、友好的とはほど遠かった。部員たちを上から見下している感じがした。あるいはそれは、最初に手綱を締めるための意図的な演出なのかもしれない。遼介は部長としてこれまでの桜ヶ丘中サッカー部のやり方を説明しようとしたが、拒否された。

「そういう情報は必要ない。おまえらが今までどうやってきたかは、興味がない。問題は、これからどうするかだ。チームをゼロからつくり上げていく。三年生は今年で終わりだろうが、こっちは来たばかりだ。長期計画でチームを強くする」

その草間の言葉に、遼介は強い違和感を覚えた。

「いいか、部活動において大切なのは規律だ。それはサッカーの試合においても言えることだ。規律が成立するには、上に立つ者の自覚が大切だ。特に上級生の姿勢は、下級生に大きく影響する。無論、部長や副部長の態度もな」

遼介が黙っていると、「返事は？」とうながされた。

「はい」

「さっそく、次の土曜日に試合を組んだ。チームの状態については、そこで見る」

「相手は、どこですか？」

「相手？　渋谷中だ。なにか不足でもあるか？」

草間はどこか痛みでもするように顔をしかめた。

渋谷中は去年の新人戦、市大会で桜ヶ丘中と同じくベスト4に進出し、県大会に出場した。市のトレセンに呼ばれているミッドフィルダーの伊賀が所属している。伊賀はトレセンでは遼介と同じ中盤の選手で、いわばポジションを争っているライバルといえた。ただし、遼介のほうが、伊賀を追う立場にある。

結局、その日の練習はグラウンド整備とボール磨き、それに用具の手入れなどで終わってしまった。初日から新しい顧問にすっかり振りまわされたかっこうだった。

翌日は入学式。その次の日には、体育館で新入生歓迎会が開かれた。部活オリエンテーションでは、各部の代表者が部活動の紹介をした。サッカー部は、部長の遼介がマイクを握って、新入部員獲得のために、活動内容や去年の大会の成績などを発表した。壇上では、遼介の背後で、三年生部員たちがリフティングのデモンストレーションをして見せた。しかしキーパーであるオッサのリフティングがへたくそすぎて笑いが起こり、アピールになったかどうか、はなはだ疑問が残った。

サッカー部のコーチ陣容に関しては、草間がどのような判断を下すのか、依然ベールに包まれていた。部員の多くは、新しい顧問に困惑の色を浮かべた。経験のある指導者の顧問就任を望んでいた巧でさえも、かなり引き気味だった。

サッカー部の副顧問は、遼介の担任でもある二〇代後半の石田《いしだ》先生が担当することがわかった。女性である石田は、育児の真っ最中であり、草間の言ったように部活動に深く関われそうもなかった。

寒さのぶり返した薄曇りの土曜日、グラウンドに木暮とタクさんがやって来た。

「桜が咲いたってのに、冷えるなぁ」

木暮が語尾を上げるように言うと、「がんばってるかー」とタクさんは、いつものように顔をほころばせた。

草間は二人に気づき、歩み寄って握手を交わした。しばらくすると校長先生も姿を現し、四人で話を始めた。大人たちの会合を、部員たちは遠くからちらちら眺めていた。

九時前に練習試合の対戦相手、渋谷中サッカー部が到着した。渋谷中の若いコーチは草間を見つけると、小走りで駆け寄って何度も頭を下げていた。ベテラン指導者である草間は、地元中体連のサッカー関係者のなかでは、どうやら顔の利く存在らしい。

「あれが新人戦ベスト4の渋谷中ってわけか。なんだか見た感じ、やけに背が低いのが多いな」

なにげなくシゲが言った。

渋谷中はさっそく着替えてアップを始めた。若草色のユニフォームの10番、市のトレセンで一緒の伊賀の姿もあった。伊賀は平均的な背の高さだったが、当たり負けしない身体の強さが売りで、とにかく中盤でよく走り回るスタミナを持った選手だった。おそらく渋谷中の核となるプレーヤーだ。

桜ヶ丘中のメンバーは、身長一七八センチの尾崎を筆頭に、オッサや哲也、シゲなど一七〇センチ台の選手が増えてきた。遼介は一七〇センチにあとわずか届かず、星川についていえば、ようやく一六〇センチに届いたばかりだった。

練習試合は、今回も三年生のAチームと、二年生のBチームに分かれて行なうことになった。ただひとり、入学式当日から早くも練習に参加した新一年生が、Bチームのメンバーに加わった。

桜ヶ丘中ベンチには、草間、そしてこれまで通り木暮とタクさんが入った。

「今日の相手は、おまえらと同じく、去年の新人戦ベスト4の渋谷中だ。つまりこの試合は、新人戦三位決定戦ということもできる。Aチームに関しては、今日は好きにやってみろ。おまえらのお手並み拝見といこう」

試合前に草間はそう言った。

遼介たちAチームは、選手たちで相談して新しいやり方で試合に臨むことにした。木暮にフォーメーションを4－3－3から4－2－3－1に変更する旨を相談すると「その狙いはなんだ?」と訊《き》かれた。

「まず土屋がひとりで担っていた守備的な中央の中盤を二枚にして、守備の安定を図るのが大きな狙いです。それから右のウイングだった星川をセンターフォワードにもどすことにします。星川の決定力は、ゴールの近くでこそ活《い》かせるはずです。おれがトップ下に入ることで、中は実質二枚になるので、両サイドからの攻撃から、得点を生めるんじゃないかと思います」

「なるほど、考えたな。フォーメーションが変わっても、あまり思想は変えていない、ということか……」

木暮は手にしたバインダーのノートにフォーメーションを描き込んだ。

「先発は、キーパーにオッサ、最終ラインは、センターバックに尾崎と哲也。サイドバックは右に霜越、左に甲斐。中盤は守備的ミッドフィルダーにシゲと湯川、右に巧、左にアツシ。トップ下におれ。星川のワントップ。控えが沢村、中津川、和樹です」

「そうだな、問題はこのメンバーで、サイドからの攻撃が実際に機能するかどうかだな」

木暮はその点をポイントに挙げた。

Aチームは試合前の円陣を組んだ。遼介は、綾子に直してもらったオレンジ色のキャプテンマークを左腕に巻いていた。

「あのおっさんに、おれたちの力を見せつけてやろうぜ」

肩を組んだ輪の中で巧が息巻いた。

「うちらの監督は、やっぱ、木暮さんじゃねえの」

オッサの言葉に、「だよな」とアッシは調子よく合わせた。

チームの中には、新監督の草間に対する敵対心のようなものが、早くも芽生え始めていた。草間自身それを煽《あお》るような言動や振る舞いをしていたので、遼介自身困惑していたし、チームメイトの草間への悪感情を否定するだけの根拠を持てなかった。

桜ヶ丘中A対渋谷中Aの試合開始のホイッスルが鳴った。

両チームとも序盤からボールに対して激しいアプローチを見せた。中でも赤いキャプテンマークを巻いた10番の伊賀の動きには、荒々しささえ感じた。トレセンに集まる多くの中盤の選手は、自チームで背番号10を背負っている。同じ10番、そしてキャプテンマークを腕に巻いた遼介は、その動きに注意した。

シゲの言ったとおり、渋谷中には大柄な選手はいなかった。平均的か、あるいは小柄な選手が目立つ。それでもあきらめずに何度でも相手を追いかける姿には、ボールへの強い執着心を感じさせた。お互い譲らず、なかなかボールが落ち着かないまま、中盤で行ったり来たりの攻防を繰り返した。

開始六分、敵のフォワード9番が背後からのプレスを仕掛け、ボランチ湯川のミスを誘う。湯川はボールをタッチラインの外へ出そうとするが、9番の伸ばした脚に当たり、ボールはゴール前へと跳ね返る。センターバックの哲也がヘディングでクリアしようとしたが、ボールは中途半端にしか飛んでくれなかった。二列目から飛び出してきた伊賀が、ボールの落ち際に合わせてボレーシュートを放つ。オッサが鋭く反応し、左手一本でボールをはじき出し、事なきを得た。

「ディフェンス、甘いぞ！」

にごった声がグラウンドに響いた。

試合前、「今日は好きにやってみろ」と言っていた草間だが、試合が始まった途端に熱くなったようだ。ピンチを迎える度に、潰《つぶ》れたような声がピッチに飛んだ。

——ああ、やっぱりそうだ。

そのだみ声には、聞き覚えがあった。あの頃と草間は変わっていない。遼介は自分の運命を呪った。

その後も試合はアップテンポに進んだが、一本目のゲームはお互いノーゴールに終わった。桜ヶ丘中は中盤の底を二枚に増やしたものの、前回の練習試合同様に守りが安定しない。ゴール前でヒヤリとする場面が何度かあった。ベンチに引き上げるときには、守備的ミッドフィルダーのシゲと湯川の息がすでに上がっていた。

次のBチームのゲームは草間が指揮を執った。ひとりだけ一年生が参加したBチームを集めて、ベンチ前でミーティングを開いた。

「おれが出ましょうか？」

らわれた。

Aチームで出番のなかった和樹が横から口を挟むと、「三年は要らない」と冷たくあし

Bチームの試合が始まると、遼介はベンチから少し離れた場所から、草間の戦術に目を凝らした。フォーメーションは守備に人数をかけた4－3－2－1。引き気味にゴール前にブロックをつくっている。しかも新人戦ではフォワードとして先発していた輝志が、ボランチに入っていた。中盤のサイドでプレーしていた麻奈は右サイドバック。センターバックの一枚は、小学生時代からフォワードだったはずの長身の安原《やすはら》が務めていた。

「ずいぶんいじったな」

星川が隣にやって来て腰を下ろした。

しかし、この日のBチームは、転校した土屋がセンターバックに入った練習試合のときよりも、ずっと安定感があった。ボールの支配率はあいかわらず低かったけれど、ボールを持った相手を簡単にはバイタルエリアに侵入させなかった。おそらく試合前に、草間にかなり発破をかけられたのだろう。選手たちの声も出ていた。

草間自身、ベンチ前に立って終始ピッチに声をかけていた。背が高いせいか、その姿には威圧感があった。具体的な細かい指示や、罵声《ばせい》に近い叱咤《しった》もあったが、とにかくひどく熱心だった。相手の不用意な麻奈へのファウルに対しては、強く抗議する場面もあった。

「なんだよ、あいつ。カペッロかよ？」

巧は試合で白熱すると激しく感情を露《あら》わにするイタリア人監督の名前を挙げた。

「マジでうるさくねえ?」

シゲはスポーツドリンクの入ったボトルを手に眉根《まゆね》を寄せた。

試合中にもかかわらずフォワードの新谷《しんたに》をベンチまで呼びつけると、身振り手振りを付けて指示を与えていた。

「二年には、ずいぶんと熱心じゃんか」

オッサの言葉には皮肉が込められていた。

「おれたちには、あまり期待してないのかもな」

星川の冷ややかな言葉に、「かもな……」と尾崎が相づちを打った。

たしかにそう読み取れる態度だった。遼介は、草間の言葉を思い出していた。草間は、自分は顧問に就任したばかりなので、長期的なチーム作りをすると明言した。目先のことよりも、将来に重きを置いている口ぶりだった。

「けど、輝志がボランチってどうよ。安原のセンターバックは、背が高いからまだわかるけどさ」

尾崎の声に、「エイトまで後ろに下げちゃって、これじゃあ点が入るわけないよ」とシゲは決めつけた。

試合開始十分。敵のシュートをキャッチしたキーパーのアキオが、左サイドにぽつんと開いた小柄な選手に、すばやくボールをアンダースローで出した。するとボールを受けたその選手は、スルスルとライン際を駆け上がっていく——。

「あいつ誰だ？」

同じサイドバックのレギュラーである甲斐が首を伸ばした。

「あんなやつ、いたっけ？」

霜越が応じる。

「おいおい、抜いてくぞ」

和樹が言ったあとで、「うわっ！」と三年生が声を上げた。

左サイドから中央に切れ込んだ桜ヶ丘中Bチームの選手が、左足を振り抜いた。ボールは、避《よ》けようとした相手ディフェンダーの肩あたりに当たって弾んだ。ポジションを前目に置いていたゴールキーパーがジャンプしたが、届かなかった。

「えっ、そんなのあり。入っちゃったよ……」

間の抜けたアツシの声がした。

敵のディフェンダーの身体に当たってコースが変わったラッキーゴールとはいえ、ペナルティーエリア手前から思い切って蹴《け》ったのは、紛れもなくシュートだった。ゴールを狙っていた。

「あいつ、新しく入ってきたイチネンじゃん」

和樹の声には羨望《せんぼう》が滲《にじ》んだ。

あとで後輩に訊《き》いたところ、得点者は、左サイドバックに入った新一年生の柏井海斗《かしわいかいと》。遼介でさえ、まだ苗字《みょうじ》すら覚えていなかった。

試合はそのまま終了のホイッスルを聞き、桜ヶ丘中Bが1対0で渋谷中Bに勝利した。驚きの余韻に浸っている三年生の二本目のゲーム前、木暮が選手を集めた。草間はベンチから離れた場所で、Bチームの選手たちとミーティングの最中だった。選手たちは目の色を変えて、熱心に草間の話を聞いていた。

「今のB戦を見たか？　おれには、監督からのAチームへの警告と感じたぞ。いいか、油断しないで自分の役割を考えてプレーしろ。ポジションを失いたくなかったら、チャレンジが必要だ。草間さんはああ見えて、ちゃんとチェックしてるからな」

木暮はそうクギを刺した。

しかし遼介には、その言葉が三年生たちに強く響いたとは思えなかった。Aチームのスタメンの多くは、二年生以降、補欠を一度も経験したことがない。最高学年のレギュラーとなった今、Bチームの試合から危機感を覚えろというのは、かなり難しい注文のような気がした。

Bチームをがらりと変えてみせた草間の老獪《ろうかい》な戦術には、たしかに驚きがあった。サッカーは同じ選手が集まったとしても、やり方次第ではこんなに変わる、という手本のようだった。ただ、守備を固めてカウンターに賭《か》けるような戦い方は、遼介は好きになれそうになかった。以前木暮が言った「面白くて、新しいサッカー」とは、ほど遠い気がした。

草間がどういう監督なのか、選手としてなるべく早く見極める必要がありそうだった。

二本目の試合では、トップ下の遼介が、めまぐるしくポジションチェンジを試みた。その意図を理解した星川と巧は、創りだしたスペースをお互いに活かし合って、続けざまに2点を奪った。

しかし得点は奪ったもののサイドからの有効な攻撃は、ほとんど見られなかった。サイドバックの思い切った上がりが、このチームには欠けている。霜越と甲斐の運動量が少なく、どうしても攻撃に厚みが出ない。木暮が指摘したのは、その点のような気がした。

2点リードした直後、シゲがヘディングで競り合ったボールを伊賀に奪われた。

「セカンド、しっかり取れっ！」

草間の檄《げき》が飛ぶ。

たしかに草間は見ていた。

「どーした、セカンドだろ！」

競り合いでこぼれた双方にイーブンのセカンドボールを、次第に敵に奪われるようになった。流れが変わった時間帯、今度は敵に続けて2点を叩《たた》き込まれた。中盤の伊賀を自由にさせすぎている。守りに綻《ほころ》びが出た。

草間は何度も「セカンド」という言葉を口にした。

「セカンドを狙え！」

「セカンドを大事にしろ！」

「セカンドを取り切れ！」

ベンチではなく、ハーフウエーラインあたりに仁王立ちして怒鳴っていた。

練習試合は計六本を消化した。スコアはトータルで、Aチームが4対4のドロー。Bチームが1対2の負け。それでもBチームは草間の指揮の下、かなり引き締まったゲームをしたといえる。Bチームが対戦したのは、同じく渋谷中のBチームだったけれど、失点を2に抑えたことは評価できた。

試合後、部員を集め、草間は今日の練習試合について話をした。

「今日、渋谷中とゲームを組んだのは、敵さんが新人戦の市ベスト4ということもある。だが、もうひとつ理由がある。それがなんだかわかったか？」

草間の問いかけに、部員たちは沈黙した。

「まあ、わかんねえだろうな、おまえらには」

草間の言うおまえらとは、三年生という意味にもとれた。

「渋谷中は、おそらくこれから伸びるだろう。理由は、今日のAチームの試合のスタメンに、二年生が半数近くいたからだ。一年生もひとりいた。一年や二年や三年が、一緒になって切磋琢磨《せっさたくま》する。それが部活だ。部活のいいところだ。

このチームに足りないものが、ある程度見えた。三年生は、最後の公式大会となる夏の総体まで約四ヶ月。今さらあがいても、たいして大きく変わるとは思えん。いじれるのは、ポジションと選手の意識くらいだろう。特に失点の目立ったディフェンスは、梃入《てこい》れする必要がある」

言葉を切ると、じろりと視線を投げてきた。

「それから、木暮さんと工藤《くどう》さん。二人のコーチには、今後もお手伝いをしていただく――」

話の途中だったが、三年生から歓声がわいた。

「やったぜ！」

巧が叫んだ。

手を叩いて喜ぶ者もいた。

「静かにせい！」

草間が声を荒らげ、前に出て踊っていたオッサが、両手を挙げたまま列の後ろに下がっていった。

「二年生以下は、これからだ。だから、おれがしっかり見る。長期的に鍛えて、どんな大会に出ても恥ずかしくないチームに育てるつもりだ。今日見たところ、素質のありそうな選手も多く見受けられた。経験を積ませるために、公式戦でもどんどん使っていく。

よって、今後の桜ヶ丘中サッカー部では、学年やこれまでの実績は関係ない。三年生にとって、今年は最後の年だからとか、がんばって続けてきたから最後くらい出場させてあげようとか、そんな温情はさらさらない。なぜなら真剣に部活に取り組んでいる部員に失礼だからな。

競争のないチームは、つまらない集団に堕落するだけだ。二年生に関しては、学年のキャプテンを早々に決めて、次の代のチーム作りに早急に取りかかる。——以上だ」

草間は話を終えたあとで、「木暮コーチ、工藤コーチ、なにかあれば」と付け加えた。

木暮が首をまわしながら前に出てきた。

「さきほど草間先生から話があったように、おれとタクさんは、今の三年生が出場できる最後の公式大会までコーチを続けることになった。そこまで一緒に戦う。ただし、監督は草間先生だ。先生は経験豊かな指導者だ。きっとこのチームをさらに発展させてくださるだろう。チャンスだと思って、引き続きがんばれ」

「じゃあ、僕らとは、最後まで一緒ですね」

哲也は不安そうな顔で念を押した。

「そういうこったな」

腕組みしたタクさんは、爆発したような髪の毛をくしゃくしゃと掻《か》いた。

短いあいだとはいえ監督だった木暮が、そうでなくなってしまった実感が初めてわいた。と同時に、自分たちがこのメンバーでプレーする時間が、それほど長くないことに気づいた。そして大切なその時間を、草間という新しい監督の下で戦うしかない、ということも――。

コンバート

教室のある一般棟と理科室などのある特別棟を結ぶ空中廊下。美咲は、その廊下の半ばにある窓から、放課後のグラウンドを眺めていた。葉子と一緒だった。サッカー部の練習がよく見える場所を見つけたと、葉子が誘ってくれた。

「激震だよね、サッカー部」

額をガラスにつけるようにして美咲は言った。ここからならたしかにグラウンドがよく見渡せたし、室内なので天候を気にすることはない。外は風が強そうだった。

「ほんと、遼介たちにとっては、勝負の年なのにね」

葉子は悔しそうに唇を尖《とが》らせ、同じ姿勢をとった。

「和樹がサッカー部に復帰したのは、まあ、よかったけど、守備の要《かなめ》の土屋君が転校しちゃったでしょ。それでもって根性無しの片岡が退部。そこへ新しい鬼監督の就任。口の悪い三年生のあいだでは、『クソマ』って呼ばれてるらしいよ」

「やーだ、葉子は」

「マジだって。それにね、今年のサッカー部の新入部員、今のところたったの六名。去年の新人戦で青葉市の四強に残ったチームがだよ。情けない。県大会にも出場したのに、サッカー部は今や存亡の危機じゃん」

「なんでかな？」

美咲は外を眺めながらつぶやいた。視線の先には、ブルーのピステを着た遼介がいた。砂埃《すなぼこり》が舞い上がり風が黄色く見えた。グラウンドを仕切る植え込みのユキヤナギの白い花を付けた枝が、激しく風になぶられていた。モクレンの紫色の花が、原形をとどめたまま地面に落ちていた。

「最近はね、サッカーは部活よりクラブチームの時代っぽい。うちの学校でも、クラブチームでサッカーしている生徒、けっこういるらしいよ」

「がーん、そうなんだ」

「クラブチームは基本やる気のある子の集まりだし、部活とちがって上下関係とかゆるいでしょ。草間先生みたいな、古くさい監督もいないだろうしね」

「そんなにクラブチームって増えてるわけ？」

「みたいだね。今まで小学生年代しかなかったサッカークラブも、続々とジュニアユース年代のチームを立ち上げ始めてる。逆に中学校のサッカー部は、やばいわけよ。少子化の煽《あお》りを受けて部員は減る。顧問になる指導者はいつも足りないし、指導者は高齢化しているし、若い指導者が育たないんだって。今やサッカー部が廃部になるのもめずらしくない。うまい選手は環境の整ったクラブチームに進んじゃうからね。自《おの》ずと中学校のサッカー部と、クラブチームとのあいだには力の差も生まれてくる、というわけ」

「なんだか、部活にとってはさびしい話だね」

「ところが、今年の一年生にひとりいたんだなぁ。ダイヤの原石が」

「へえ、誰？」

美咲は訊《き》いた。

「柏井海斗。かなりの実力があるくせに、なぜか桜ヶ丘中サッカー部を選んだ」

「どうして？」

「知らない」

葉子はかぶりを振ると、一枚のプリントを取り出してみせた。

「なにそれ？」

「今年度のサッカー部のスケジュール表」

「え、どうして葉子が持ってるの？」

「サッカー部員に配られたプリントを、尾崎君にコピーさせてもらった。美咲の分もあるよ」

「さすが、ありがと」

美咲はプリントを受け取って、さっそく目を通した。年間スケジュールには、主な大会が載っていた。

「まずは、四月下旬から青葉市ユースU－15サッカー選手権か。去年は予選リーグで敗退しちゃったからね。ほら、キーパーのオッサがやらかした大会ね。今年は予選から応援してやるかな」

「この大会って、どういう大会だっけ？」

「尾崎君の話では、かなり重要みたい。高円宮《たかまどのみや》杯っていう全日本ユースサッカー選手権大会につながっているからね。中学校のサッカー部と、クラブチームとが、ガチで勝負する一番大きな大会なんだってさ」

「部活とクラブチームが対戦するのかぁ」

「そうそう。そういう意味では、星川君にとってまさに雪辱のチャンスでもあるわけよ」

「どういうこと？」

「だってほら、彼はクラブチームをやめて、サッカー部に入ったわけだからさ。当然リベンジしたいでしょ。まあ、所属していたのがJリーグのクラブだから、当たるとすれば、かなり上まで勝ち進まないとね」

「なるほど」

美咲は小さく顎《あご》を引いた。

「それから、ゴールデンウイークに合宿だって。気合い入ってるねぇー、今年は。選手権の予選リーグが終わったら、もう修学旅行。選手権の決勝トーナメントでどこまでいけるかね。それでもって七月中旬から、いよいよ最後の夏の総体」

「え、それでおしまい？」

「そのはずだよ」

葉子はプリントをパタンと閉じた。

「なんか、あっという間だね」

「うーん、そうだね。あとは、高円宮杯敗者復活戦っていうのがあるみたいだけど、九月には新人戦が入ってるから、どーなんだろ？」

「いつまでなんだろうね、三年生は？」

「フツー、夏の総体で負けたら引退だよね」

「そういうもんなんだ」

「だって私ら三年だよ。受験だし」

「そっか」

「美咲だって、塾の夏期講習とか行くでしょ？」

「たぶんね」

「まあ、サッカー部を引退すれば、あいつらも自由の身だからチャンス到来だよ」

「どういうこと？」

「そりゃあ、私たちの出番ってこと。ほら、グラウンド探しで協力したときに、あいつらなんでもいうこと聞くって、約束したじゃん。遂《つい》にその切り札を使う絶好のチャンスってわけ」

「でもあの人たち、覚えてるかな？」

「こっちが忘れてないんだから、それでオッケー」

葉子はくるりとまわってスカートをひるがえした。

「なるほど……」

「美咲、夏の終わりには、お互い幸せになろうね」

葉子はウインクすると廊下を走りだした。


青葉市ユースU－15サッカー選手権予選リーグが迫っていた。

試合の始まる一週間前の日曜日、練習が終わると、ベンチ入りメンバーが発表された。

三年生は十四人全員、二年生から五人、一年生はただひとり柏井が選出された。青葉市の女子サッカークラブ『スワン』に所属している第5種登録選手である蜂谷麻奈もメンバー入りした。ベンチ入りメンバーについては、遼介にも妥当と思える人選だった。

月曜日、朝練を終えて教室の席に着いた遼介は、サッカー部の日誌を開いた。日誌は誰かに書けと言われたわけではなく、部長になってから自主的に書き続けていた。

今日の朝練について日誌を記すと、ノートの余白に○印を十個並べていく。一番下の列に四つ、その上の列にふたつ、さらに上の列に三つ、そして一番上にぽつんとひとつ。ゴールキーパーを除いたフォーメーションを、○印を四列に並べて描いた。フォーメーションは4－2－3－1。ディフェンダーが四人、守備的ミッドフィルダーが二人、攻撃的ミッドフィルダーが三人、トップがひとり。木暮が話してくれたヨハン・クライフ時代からの伝統の4－3－3の進化形ともいえる布陣だ。

それぞれの○印の傍に名前を記入していく。一番上の○、ワントップには、星川。二列目の右端の○、攻撃的ミッドフィルダーには、巧。四列目の真ん中にふたつ並んだ○の一方、センターバックには、尾崎。これは決まりだろう。

次に自分の名前を書き込もうとしたが、なぜだか迷ってしまった。今のチーム事情を考えると、単純に自分がトップ下に入るわけにはいかない気がした。最近の練習試合を振り返れば、守備の不安定さを解消できていないのは明らかだ。得点までの道筋もパターンが増えているとは言い難い。

自分はもう少し下がり目の位置に入るべきではないか。だがそうすると、トップ下を誰がやるのか、という問題が浮上する——。

攻撃にほとんど参加できないでいる両サイドバック、固定できずにいるもう一枚のセンターバックについても、自信を持って「誰」と書けない自分がいた。

——草間監督は、どう考えているのだろう。

遼介は、星川と巧と尾崎の三人の名前しか書き込んでいないノートを見つめた。

教室の前のドアが開き、生徒たちがざわついた。サッカー部の副顧問でもあるクラス担任の石田先生のお出ましだ。なにやら生徒たちはいつもより騒がしかったが、遼介はかまわずノートの十個の○に取り組んだ。

「静かに」

石田先生の甲高い声がした。

続いて、「うおっ！」と、誰かがおかしな声を上げた。

うるさいな、と声がしたほうを向くと、尾崎が起立して口をあんぐりと開けている。

「静かにしなさい！」

強い調子で言った先生のほうに視線を移すと、「えっ！」と遼介は声を漏らし、思わず腰を浮かした。

教壇の上、小柄な石田先生の隣には、頭ひとつ半、背の高い学ラン姿の生徒が立っていた。

「今日から、三年A組の一員になる転校生を紹介します」

隣の生徒はのっそりと頭を下げた。

「鮫島琢磨君です」

遼介と尾崎が突っ立ったままでいると、「サッカー部の二人、着席しなさい！」と怒鳴られた。

「よっ！」

琢磨は右手を上げ、だんごっ鼻を人差し指でこすった。

――どうなってるんだ、これは。

胸の奥がざわついた。遼介は、琢磨の始めた自己紹介を夢心地で聞いていた。

――こんなことって、あるんだろうか。

なぜ琢磨がここにいるのか、理解できないまま見つめた。

ふと見ると、教室の前のドアの向こうに不審な人影があった。中年の男が口を半開きにして、教室の中をのぞき込んでいる。似合わないスーツ姿の桜ヶ丘FC元監督の峰岸だった。遼介と目が合った峰岸は、小さく手を振って口をパクパクさせたが、なにを言っているのかさっぱりわからなかった。

鮫島琢磨なる、やけにでかい生徒が三年A組に転校してきた、という噂は、その日の午前中に三年の教室がある三階の校舎を駆け巡った。朝から快晴だったので、窓から富士山の姿がよく見えたはずなのに、遼介は気づきもしなかった。

A組の教室には、休み時間になると見物人が集まってきた。その中には、もちろんサッカー部の面々もいた。小学生時代、琢磨と一緒に桜ヶ丘FCに所属していた星川、哲也、シゲ、和樹は、ひっきりなしに何度も顔を見せた。いずれも驚きを隠さなかったが、幼なじみの琢磨とはすぐに打ち解け合った。

「いったいどういうわけよ?」

シゲは琢磨の盛り上がった肩になれなれしく手をかけた。

琢磨は、これで三回目となる今回の経緯の説明をうれしそうに話した。聞き手のほうも、同じように頬をほころばせ、相づちを打った。

「それじゃあ、これからは峰岸さんの家で暮らすわけだ」

和樹が訊《き》くと、「そうなんだ。中学校を卒業するまでお世話になる」と琢磨は答えた。

「やるなぁ、ミネのやつも」

オッサが小節をきかせて歌うように言ったので、笑いが起こった。

「おれ、駄目もとで相談してみようと思ったんだ。なにかあったら連絡しろって言ってもらったから。けど、絶対無理だと思ってた。母ちゃんが死んでこっちに来たときに、峰岸さんと長い時間話したんだけど、たぶんそのときに気づいてくれたんだと思う。おれが頼む前に、あの人のほうから、こっちで生活してみないかって言ってくれた。おれにも帰る場所があったんだって、メチャクチャうれしかった」

身長一八二センチの中学生は、楽しそうに話していたが、それでも時折顔をしかめるようにした。

「いろいろ大変だろうけど、がんばれよな」

哲也は努めて明るく言った。

元チームメイトたちは、琢磨を取り囲んで励ました。

「で、サッカーは、どうすんの？」

和樹が小鼻をふくらませて訊くと、琢磨は穏やかな顔で「今は考えてない」とだけ答えた。

幼なじみたちは無遠慮な質問を投げかけては、転校初日の琢磨を困らせた。しつこくサッカー部に勧誘する和樹やシゲに、「もういい加減にしてやれよ」と遼介が止めに入る一幕もあった。

教室の琢磨の席は、空いていた美咲の隣に決まった。遼介や尾崎の幼なじみと知ってか、美咲と葉子はなにかと琢磨のめんどうをみてくれた。

「どういうことだよ」

草間から離れた場所までくると、巧は腰に手をあて首をひねった。

遼介はベンチに背中を向けたまま黙っていた。乾いた下唇をなめ、小さくため息をついた。

アウエーの校庭のポールには、こどもの日が近いせいか、鯉のぼりが飾られていた。といっても、風がないのではためかず、泳いでいるというよりは、ポールに括《くく》り付けられているように見えた。それはまるで今の自分たちのチームを象徴しているかのようだった。

青葉市ユースU-15サッカー選手権、予選グループリーグ初戦。試合開始前に、草間の口から先発メンバーが発表されると、チームに衝撃が走った。

当日になって、尾崎が腹痛のため急遽《きゅうきょ》不参加、というアクシデントに見舞われたとはいえ、大幅な先発メンバーの入れ替えとポジションの変更に、遼介たち三年生は戸惑った。草間から事前の相談は一切なかった。

草間の指示したフォーメーションは、これまでの4-3-3、あるいは4-2-3-1から、オーソドックスな4-4-2に変わった。そのことについては、「攻めや守りの基本がわかってない奴らが、奇を衒《てら》ったところで、機能するほどサッカーは甘くない」と言い切った。選手たちが不満を露《あら》わにしたのは、チームのフォーメーションのことだけでなく、個人のポジションについてもだった。

「なんでおれが、右のサイドバックなわけ？」

巧はぶつぶつと繰り返した。

遼介にしても気持ちは同じだった。自分がキャプテンという立場でなければ、あるいは同じように、こう口にしていたかもしれない。

——なんでおれが、センターバックなわけ？

しかも、センターバックを一緒に組む相手は、哲也ではなく、二年生の安原だという。

「二年の新谷と星川のツートップ？　輝志とシゲのダブルボランチ？　遼介と安原のセンターバック？　もうこれじゃあ、別のチームじゃんかよ」

巧の言葉を聞きながら、遼介は小さく首を振った。

星川が近寄ってきて、「とにかく勝つしかないな」とさらりと言った。冷静でいられるのは、自分のポジションが変わらなかったせいか、と訝《いぶか》りたくなった。もっとも、星川の言うことに異論はなかった。

アッシがスタメンだった右ハーフのポジションに抜擢《ばってき》された麻奈は、緊張のせいか口元を引き締めていた。

試合前のミーティング、草間はスタメンの変更や選手の起用の狙いを説明せず、経験の浅い選手のミスは、三年が全力でカバーするように念を押した。ベンチに入った木暮とタクさんは、特別な言葉を口にしなかった。

公式戦の先発のピッチに四人の二年生が立った。スタメンを外れた三年生たちは、憮然《ぶぜん》とした表情で両腕を組み、ベンチの最後列に陣取っていた。

「がんばっていきましょー!」

左ハーフの先発をちゃっかり手にした和樹が手を叩《たた》いた。

どこかしっくりしないまま肩を組んだ桜ヶ丘中の円陣。遼介のかけ声も、それに応じる仲間の声も、心なしかこぢんまりとした。

ホイッスルが鳴ると、遼介はゆっくりと動きだした。いつもとはちがうアングルのピッチの風景を眺めながら、二年生の安原に声をかけた。

「おい、ヤス。ラインはどうする?」

「と、いいますと?」

安原は身体の大きさに似合わず、気が小さい。

「おまえ、センターバックの経験は?」

「ぶっちゃけ、ないです。こないだの練習試合が初めてですから」

「ディフェンダーは?」

「ずっとフォワードです」

その安原の言葉に、遼介は思わず小さく舌を打った。遼介自身、練習試合ではキーパー以外どのポジションもやったことはあったが、公式戦となるとセンターバックは初めてだった。

「わかった。じゃあ、ラインはおれがコントロールするから、合わせろよ」

遼介は右のサイドバックの巧、左の甲斐にも声をかけた。

初戦の対戦相手は、ふたつの中学校の合同チーム。最近、中学校のサッカー部では競技人数に満たない部が増えており、合同での参加が増えていると聞く。ただ、活動にはなにかと障害も多く、練習もままならない場合も少なくない。そんな典型的なチームだった。

遼介は左腕に巻いたキャプテンマークを肩のほうに引き上げた。

「頼むぞ、遼介！」

背後のオッサの声に、振り向かずに右手で応《こた》えた。

試合の立ち上がりは、静かだった。ボールをキープしつつ、相手の出方を探るように慎重にゲームを組み立てた。フリーでボールを受けた甲斐は、左サイドから上がるふりを見せたが、いったんボールを下げてしまい、ゴールキーパーのオッサにバックパスをした。

試合開始五分。ボールがタッチラインを割ると、主審がホイッスルを吹いてゲームを止めた。

第四審判の隣には、ブルーのユニフォームの小柄な選手が立っていた。

「桜ヶ丘中、メンバーチェンジ。3番アウト、18番入ります」

副審の声が聞こえた。

なにが起きたのかわからなかった。背番号3は左サイドバックの甲斐。怪我でもしたのかと思ったが、当の本人は「え？　おれ？」と自分を指さしている。ベンチを見ると、草間が腕を組んだままパイプ椅子に座っていた。

甲斐は交代要員が立っている反対サイドから、首をかしげながらピッチを出た。交代して左サイドバックに入ったのは、練習試合でゴールを決めた新入部員の柏井。おかっぱ頭のように前髪を切り揃えた柏井は、きょとんとして、まるで小学生のようだ。もっとも数ヶ月前までは、実際にランドセルを背負っていたわけだから、無理もない。

開始五分でなぜ選手交代をしたのか判然としないまま、すぐにリスタートのホイッスルが鳴った。遼介は、二年生の安原と一年生の柏井をケアしながら首を左右に振り、ボールが近くにない時間帯でも、最適のポジションを取るように心がけた。

試合は桜ヶ丘中ペースで進んだ。相手の選手は激しさもなく、合同チームのせいか、どこか選手たちが遠慮がちにプレーしていた。星川の強引とも思えるドリブル突破に慌てていた。

「よし、上げるぞ！」

ボランチの輝志のクサビのパスが星川に収まったのを確認して、遼介は両手を広げるようにして前進した。

——なんで、おれがこんなことしてるんだ。

最終ラインを統率しながら思った。

周囲に目を配ると、おそらく同じ気持ちでプレーしているはずの右サイドバックに入った巧が、敵のディフェンスのウラを狙っていた。その動きは抜け目なく、守りのポジションでありながら、得点に絡む意欲がありありと感じられた。

一方、安原は緊張のせいか、黙り込んでプレーしていた。

「おまえ、身長いくつ？」

遼介は硬さをほぐすために、斜め前に立った安原に声をかけた。

「えっ？　はい、一七八です」

「尾崎と同じくらいか。頼むぞ、空中戦」

「キャプテン、マジでかんべんしてくださいよ」

安原は情けない声を漏らした。

「そら、来たぞ！」

遼介が叫ぶと、安原は長い手足をバタつかせるようにして、相手のクリアボールを追いかけた。

このチーム相手なら負けることはない。大量得点、完封でいける。実際、桜ヶ丘中のボール支配率は高く、ボールが相手陣内にある時間が長かった。

「柏井、チャンスには上がれよ」

遼介は左の新人にも声をかけた。

柏井はコクリとうなずき、スキップのような足取りでポジションを少し上げた。見れば柏井はスパイクを履いておらず、トレシューで試合に出ていた。

敵の苦し紛れのクリアボールが、遼介の前に飛んできた。

「フリー!」

オッサの声が聞こえた。

敵は無理にアプローチしてこないので、遼介は両手でバランスをとりながら、右足の甲にボールを載せるようにしてトラップした。まるでボールが遼介の右足を選んで舞い降りてきたように、ぴたりと止まった。

「ナイストラップ!」

ベンチの哲也が叫んだ。

「アップ!」

遼介は声をかけ、ボールをドリブルで前に運ぶ。チーム全体がその声に呼応して、敵のゴールへと向かった。

輝志が相手のマークを外し、身体をゴールに向けて半身の姿勢をとった。遼介は、輝志の重心をかけたゴールに近い右足を狙ってパスを通す。ボールを受けると同時に輝志は前を向き、寄せてくる敵を、ボールを左足で外側に跨《また》ぐシザースでかわし、左サイドの和樹につなぐ。高い位置にポジションをとっていた柏井が、和樹の外側を両手をしっかり振りながら駆け上がる。和樹は中に切れ込むふりをして、左サイドの前のスペースに左足アウトでパスを送った。柏井はボールをつま先でコントロールすると、左足でゴール前に鋭いクロスを入れた。顔や身体には似合わず、落ちついたプレーを見せた。その躊躇《ちゅうちょ》のない判断に、敵は慌てた。

「クリア！」

敵のキーパーが叫ぶ。

二年生フォワードの新谷が敵のディフェンダーと交錯する。競り合いのこぼれ球に星川がすばやく反応して右足で合わせた。キーパーはなぜだか跳ぼうともせずにボールを見送り、あっけなく桜ヶ丘中の先制点が決まった。

「うほっ、やった！」

安原は口元を隠すようにして叫んだ。

その恥ずかしそうな喜び方が笑いを誘い、遼介は口元をゆるめた。歓喜の輪が前線でできあがる。和樹はクロスを入れた柏井の頭を乱暴に撫《な》でていた。得点に絡んだ公式戦初出場の新谷もうれしそうにしていた。駆け寄るには遠すぎたので「ナイスシュート！」と叫んで、遼介は親指を立てた。

背後で上がったオッサの「よっしゃー！」の声が、心地よかった。

2点目のゴールもまたしてもサイドバックが得点に絡んだ。今度は右から巧がドリブルで駆け上がり、麻奈とのワンツーでバイタルエリアに侵入する。巧は迷わずシュートを放った。キーパーのほぼ正面だったが、ファンブルしたところを、再び星川がすばやく詰めた。星川の口元には、苦笑のような笑みが浮かんだ。桜ヶ丘中が早くも2点をリードした。

その後、遼介はディフェンスラインを高めに修正した。キーパーのオッサはペナルティーエリアの外側まで上がってきた。押し込まれている敵は、ツートップからワントップに変えてきた。どうやら相手チームにも二年生以下の選手が何人か入っているようだ。

負けている敵のベンチからは、選手を激励する温かい声が、勝っている桜ヶ丘ベンチからは、プレーに不満を表す草間の怒声が聞こえてきた。少しでも曖昧《あいまい》なプレーを選手が見せると、草間は容赦なく名前を呼びつけて非難した。やれやれと思いながら遼介はプレーを続けた。

遼介にとってセンターバックは得意なポジションとは言い難かったが、なんとか落ち着いてプレーすることができた。これまでのサッカーの経験が活《い》きていると感じた。突然の尾崎の病欠による今日一日だけの役目だとしても、これはこれでよい経験にしようと、前向きに捉《とら》えることができた。

星川のハットトリックでさらに追加点を加えた前半終了間際、唯一のピンチを迎えた。桜ヶ丘中が攻め込んでいる状況で、選手がお見合いをした。右ハーフの麻奈とボランチのシゲだった。

すかさずベンチから声が上がった。

「なにやってんだ、シゲ！　赤いスパイクに見とれてたのか！」

思わず遼介は笑いそうになったが、ここぞとばかり叫んだ。

「アップ！」

ひとり残った敵のフォワードにオフサイドトラップを仕掛けるため、すばやくラインを上げようとした。

敵の苦し紛れのロングボールが、遼介の頭上を飛んでいく。

「オフサーイ！」

遼介は右手を挙げて副審を見た。が、なぜか旗は上がらない。

「ん？」と振り向くと、いつのまにか安原が、ひとりだけポジションを下げていた。

——あの馬鹿！

敵のフォワードの9番と安原がボールを競り合う。体格のよい安原のほうが、なぜだかバタリと倒れた。前に出ていたオッサが、慌てて後ろを振り返りながらゴールへもどっていく。遼介も全力で敵を追いかける。

「ディフェンス、どうなってんだっ!」

草間の怒鳴り声がした。

遼介が背後に迫ったとき、9番は右足をぎこちなく振った。

オッサはゴールにもどりきれず足を絡ませて、ごろごろと転んだ。

シュートは運良く、枠を外れた。

「ラインをよく見てろ!」

遼介は、泣きそうな顔でこっちを見ている安原をにらみつけた。

前半終了のホイッスルが鳴った。

ハーフタイム、哲也はディフェンスラインの統率の大切さを安原にレクチャーしていた。安原はしょんぼりした顔付きで話を聞いていた。

草間は3点をリードして、後半、一挙に五人の選手を入れ替えた。

試合は、後半にも2点を加え、5対0で桜ヶ丘中が勝利した。遼介は最後までセンターバックでプレーした。


桜ヶ丘中学校に到着してから、チームは解散となった。試合は圧勝だったものの、チームに浮かれた雰囲気はなく、むしろ負けでもしたように、部室前に残った三年生たちの表情は曇っていた。

「なんだか今日の試合、すげえ疲れた」

シゲは両手をだらりと前に垂らし、ため息をついた。

「いくらなんでも変えすぎでしょ、ポジション。これまでやってきたことは、なんだったんだよ。公式戦だっていうのに、二年とか一年とか、やたら使いやがってよ。やってられねえよ」

しゃがみこんだ巧は、脱いだスパイクの踵《かかと》をコンクリートの階段にぶつけて、中に入った小石を取り出した。

「霜越と甲斐は？」

「とっくに帰ったよ」

「あいつら、ショックだったろうな。霜越はいきなり先発外されて、甲斐なんて開始五分で交代だろ。残酷だよな」

「甲斐がキーパーにバックパスしたとき、監督激怒してたからな」

ベンチを温めていた沢村が、ぷっとふきだした。

「あのワンプレーで即交代だかんな、厳しすぎるよ」

同じく先発で出られなかったアッシが同情した。

「まあ、大差で勝っちゃったけどね」

復帰後、初めて先発フル出場を果たした和樹が、ハリネズミのように伸びてきた髪の先を手のひらで撫でた。

「そーいう問題じゃないだろ。あいつ、チームを壊す気じゃねぇ」

巧は声を尖《とが》らせた。

遼介は黙ったまま三年生の会話を聞いていた。4ゴールを決めた星川は、いつのまにか消えていた。

大会初戦の勝利は、チームに安堵《あんど》をもたらした。それはたしかだ。だが、それとは別に、スタメンやポジションは誰がいつ失うかもわからない、という不安を抱かせた。二年生ばかりか、一年生まで出場して完勝したせいで、余計に強迫観念が膨らんだのかもしれない。ショックを受けたのか、霜越と甲斐はなにも言わずに帰ってしまった。草間の采配《さいはい》は、下級生の台頭をうながしていた。部員の多くが刺激を受けたことはまちがいない。よい意味でも、悪い意味でも――。

巧の言うように、新監督の草間はチームの破壊者なのだろうか。ゼロからチーム作りをすると、たしかに草間は公言した。でもまさか本気でチームを一度バラバラにするつもりではないだろう。多くの部員が草間のやり方には違和感を持っているが、結果は出てしまった。これまで厚みのなかったサイド攻撃が、試合ではかなり機能していた。

とはいえ、サッカー部の顧問が替わって、まだわずかな時間しか経っていない。今日の試合だけで判断するのは早計だろう。あまり神経質に考えすぎてもしかたない。新監督は弱小チーム相手に二年生や一年生を経験させ、レギュラー組の選手たちを慌てさせたが、予選のグループリーグで対戦する残り二チームは、それほど簡単な相手ではない。今日のような無茶はできないはずだ。

「そういえば、尾崎のやつ、大丈夫かな」

呑気《のんき》な声でオッサが心配を口にすると、「どうせ、牛乳の飲み過ぎかなんかだろ」とシゲが笑い飛ばした。

「グループリーグは、上位二チームが決勝トーナメント進出。明日きっちり勝って、気持ちよくみんなで合宿に行こうぜ」

沈んだチームに、哲也は前向きな言葉をかけた。

家に帰ると、尾崎が虫垂炎で入院したと綾子から聞かされた。どうやら手術の必要がありそうで、その場合、復帰には二週間以上かかるという話だった。大事な大会の最中《さなか》に、今や守備の要とさえいえる尾崎の離脱は、正直痛かった。

「またかよ！」

試合前にスタメンが発表されると、巧は吐き捨てるように言った。

さすがに遼介も、昨日ほど冷静ではいられなかった。巧は今日も右サイドバック、遼介もセンターバックだった。

フォーメーションに変更はなく、先発メンバーには、昨日試合開始五分で交代させられた甲斐に替わって出場した、一年生の柏井が左サイドバックに入った。それ以外は、昨日と同じスターティングメンバーだった。

今日対戦する波瀬《なみせ》中は、桜ヶ丘中が対戦経験のない未知のチーム。巧の情報によれば、桜ヶ丘中と共にグループリーグ突破の有力候補とのことだった。だとすれば、昨日勝った二校合同のチームのようにはいかないはずだ。充分な警戒が必要になる。

先発を発表した草間は、左サイドバックに抜擢《ばってき》した柏井に対して、長々と指示を与えていた。

試合開始早々から、桜ヶ丘中は攻め込まれた。波瀬中の攻撃は、桜ヶ丘中の左サイドに偏っていた。おそらく昨日の試合を偵察して、一年生の柏井のサイドから崩しにきたのだろう。キャプテンマークを腕に巻いた敵の10番が、さかんに左への展開を指示していた。そのためボランチのシゲが左サイドに引っ張られ、中盤のバランスが微妙に崩れた。ディフェンスラインは敵の圧力に耐えきれず、ずるずると後退していく。

「ライン、下げんな！」

最終ラインの位置を高く保たせようと遼介は叫んだが、センターバックのパートナーを組んだ安原は、怖がってどうしても下がってしまう。

「声を出せ、しゃべれ！」

慌てる安原に、遼介は声をかけた。

選手間の距離が離れてしまえば、中盤での敵へのプレスはかかりにくくなる。ゴール近くまで敵を押し寄せさせることになる。サイドバックは昨日のようには上がれないので、当然攻撃に厚みはでない。なかなかゲームの主導権を取りもどせない――。

前半十三分。柏井が左サイドから敵の突破を許した。

「いいから、中を守れ！」

声をかけたが、気負った安原は、ドリブルで抜け出してきた敵の右ハーフ8番につり出される。右サイドバックの巧が、すかさず中央に絞ってくる。

シゲと輝志の二枚のボランチは、最終ラインにもどりきれず、ゴール前は遼介と巧だけになった。

「ディレイ！」

遼介は敵の攻撃を遅らせるよう叫んだが、安原は8番に突進して、あっさりかわされてしまった。8番はフリーの状態から、ゴール前にクロスを入れてくる。グラウンダーの速いボール。敵の二枚のフォワードは、遼介と巧でマークしてなんとか抑えた。が、逆サイドから二列目の7番が走り込んできた。

「キーパー!」

振り向きざまに遼介が叫んだが、飛び出したオッサの脇の下をシュートがすり抜け、サイドネットを揺らした。

「なにやってんだ!」

うなだれる選手の耳に、草間の叱責が聞こえた。「しっかり指示を出せよ。このチームにはキャプテンはいないのか!」

遼介はベンチを見なかった。

——やられるべくして、やられた。

悔しさというより、虚《むな》しさを感じた。なぜ草間は、チームに難しい戦いを強いるのか。

遼介は小さく舌を打った。

星川は前線で孤立したままだった。二年生フォワードの新谷は、ほとんどボールにさわっていない。桜ヶ丘イレブンは混乱したまま0対1でハーフタイムを迎えた。

選手たちが給水を終えると、草間はパイプ椅子で脚を組んだまま話し始めた。

取り上げたのは、失点した場面でのディフェンスの対応についてだった。ディフェンスラインが低いとか、連係がなっていないとか、どうして逆サイドの7番をフリーにさせたのかといった、すでに終わった話だった。

今日の試合は重要だ。選手を試すための練習試合ではない。遼介たち三年生にとっては、最後の全日本ユースサッカー選手権大会の予選。貴重なハーフタイムに、なぜ後半に向けての話をしないのか、遼介は苛立《いらだ》った。選手たちは上目遣いで草間の様子をうかがいながら、一様に黙り込んでいた。

――このままじゃ、逆転は難しい。

久しぶりにみぞおちのあたりが、きりきりと痛んだ。

「監督――」

言葉が遼介の口を衝《つ》いた。

「なんだ」

「後半の選手交代についてですが……」

「もう少しこのまま様子を見る」

草間は眼を合わさずに遮《さえぎ》った。

「でもこのままじゃ、また、やられますよ」

遼介が訴えると、「だったら、やられればいい」と草間は笑った。

ベンチで腕を組んでいる木暮は、黙ったままだった。

「遼介」

声がしたので振り向くと、星川が手招きをしている。その目は、なにか言いたそうにしていた。

息を吐き、冷静になれ、と遼介は自分に言い聞かせた。

草間は、柏井を呼んで話し始めた。「切り替えていけ」という言葉が聞こえた。口調は穏やかだった。

「後半、どうする？」

星川は落ち着いた声で言った。

「どうするもなにも、攻めるしかないだろ」

「わかってるけど、今のままじゃ、ゴールは遠いぞ」

星川も現状を認めて続けた。「でもなんとかするしかない。あんまり安原や柏井のことは気にするな。おれも新谷は無視することに決めた。あいつらは言ってみれば修業中だ。多くを期待しても無理。自分で失敗して学ぶしかない。監督もそれを望んでるはずだ」

「公式戦なんだぞ」

思わず遼介はにらんだ。

「だよな。だからおれたちで、なんとかするしかない」

遼介と星川のまわりに、三年生が集まってきた。

「試合中にポジションを変えよう」

星川は声を低くした。

「そんなことしたら、やばいんじゃない？」

和樹はそう言いながらも、やたらにうれしそうな顔をした。

「自分のポジションの仕事をこなした上なら、問題ないだろ。試合に出てるのは、おれたちだ。うまくやるしかないよ」

星川は涼しい顔で言った。

——うまくやるしかない。

星川らしい言葉だと思うと同時に、星川のしたたかさを感じた。

「だとすれば、もっと全員が走れよ」

遼介が言うと、集まった三年生たちはうなずいた。

審判団が試合を再開するためにグラウンドに出てきた。重苦しい雰囲気のまま、桜ヶ丘中イレブンは後半を迎えた。円陣を組まなかったのは、時間がなかったせいだけではない。少なからず動揺していたからだ。

後半のピッチに立った遼介は「チャンスには上がる」と安原に伝えた。

「そんな……上がっちゃうんですか？」

安原は右手で自分の口を塞《ふさ》いだ。

「そのときは、おまえがラインをコントロールしろ。失敗してもいいから、とにかくやれ」

遼介は突き放した。

自分が攻撃に参加するとすれば、カウンター攻撃を仕掛ける場面しかない。1点ビハインドのまま試合が終わりに近づけば、敵に引かれてしまい望みは薄くなる。カウンターは相手が前がかりになったときこそ、最大のチャンスだ。だとすれば、そういう状況をつくってしまえばいい。後半開始早々からバックラインを意図的に下げて、敵を自陣ゴール深くまで誘い込む。そこで敵のパスのインターセプトを狙ってやる。遼介は、そう決めた。

ボランチのシゲに耳打ちすると、「オッケー、カバーは任せろ」と言ってくれた。

遼介は注意深く敵のフォワードを観察して、ボールを受けるときの「癖」を探した。背番号11をつけた大柄のフォワードは、自分で強引に突破することよりも、ポストプレーを好むタイプと見た。足元は、それほど巧《うま》くない。

「ディフェンス、なにやってる。もっとラインを上げろ！」

五分が経過すると、草間に何度か怒鳴られた。

遼介は聞こえないふりをして、敵にある程度のスペースを与えた。ゴール前にブロックを築き、耐えながら、そのときが来るのを待った。

チャンスは押し込まれている後半十二分に訪れた。敵はこちらの息の根を止めるための2点目を奪いにきた。「攻めてこい、攻めてこい」と遼介は心の中でつぶやいた。

敵の11番へ、強めのクサビのボールが入る瞬間、遼介は迷わず前に飛び出した。腰高の11番のトラップのボールを狙うためだった。予想通り11番は右足インサイドでボールを浮かせたので、遼介は身体を入れてボールを奪った。やや強引なプレーになったが、主審のホイッスルは鳴らない。苛立った11番が遼介の背中を押したが、逆にその力を利用して、倒れることなくボールをキープして前に出た。

閃《ひらめ》いたパスの選択肢は、三つ。

中盤でフリーの輝志。

右サイドに開いた巧。

敵のウラを突こうと、今まさに動き出そうとする星川。

だが、遼介は四つめの選択肢を選んだ。

「ちがーう！」

ベンチからテクニカルエリアに飛び出した草間が叫んだ。

遼介は自ら猛然とドリブルで駆け上がった。

前にいた輝志が、左に動く。その動きによってできたスペースを使って、遼介はさらに前へ進んだ。アプローチをかけてきた敵の中盤の選手を、上体を揺らして眩惑《げんわく》する。左足を踏み込んで、右足インサイドでボールを左足の踵《かかと》の後ろを通して持ち替える。今度はボールを左足アウトで斜め前へ運んだ。

そのわずかな時間に、右サイドをオーバーラップする巧を視界の隅で捉《とら》えた。

右から敵が寄せてくる。

遼介は敵から逃れながら、利き足ではない左足インフロントで、右サイドハーフの麻奈の頭上を越えるボールを蹴《け》りにいった。イメージ通りにパスが通れば、巧は完全にフリーの状態でボールをトラップすることができる。巧の前には、充分すぎるほどのゴールへの道が広がっていた。

――いった！

と、思った刹那《せつな》、左足で蹴ったボールは失速した。

麻奈の頭は越えたものの、巧の手前で、敵のサイドバックに胸でインターセプトされた。カウンターの、カウンターを喰《く》らう恰好《かっこう》になった。

「スライド！」

バックラインに入ったボランチのシゲが叫んだ。

「味方の右サイドを埋めるためにポジションをずらせ！」という、そのコーチングの意味を、安原は理解できなかった。桜ヶ丘中の右サイド、巧の上がったスペースを9番に突かれた。縦パスを受けた9番は、ファーストタッチでゴールに向き、ドリブルで仕掛けてくる。顔に怯《おび》えを張り付かせた安原は踵に重心をかけたまま、ペナルティーエリアの中まであとずさると、ボールひとつ分のシュートコースを開けてしまう。

オッサが威嚇するクジャクのように両手を開げ、低い姿勢で構えた。間に合わない、と判断したシゲが、足を投げだすようにしてシュートをブロックにいった。次の瞬間、ボールが円弧を描きオッサの頭上を越え、ゴール右隅に吸い込まれた。9番のシュートがシゲのスパイクの先に当たり、まるでブラジル人お得意のループシュートの見本のように、ふわりと浮いた結果だった。シゲは足の骨でも折ったかのように、顔をしかめて悔しがった。チームにとっても痛すぎる失点だった。

0対2。桜ヶ丘中は追い込まれた。ベンチから叱責の声がやんだ。

失点後、安原に代わってセンターバックに哲也が、続いて二年生フォワードの新谷と右サイドハーフの麻奈がベンチに退き、沢村とアッシが出場した。しかし劣勢を跳ね返し、ゴールを奪い返すことはできなかった。桜ヶ丘中は、グループリーグ第二戦、大切な試合を落とした。

試合後のミーティング、すべての部員たちの前で、キャプテンの遼介は草間に糾弾された。

「今日のゲームで、自分ひとりの力で試合の流れを変えようとした愚か者が、このチームの中にいた。監督の指示を守らず、ろくに使えない左足を使って、パスミスでチームの決定的な危機を招いた。そいつは左腕にキャプテンマークを巻いていながら、責任をまったく果たしていなかった。

いいか、このチームには、特別な選手など存在しない。ピッチに立つ者に、個人プレーによる意外性など求めてはいない」

草間はそこで言葉を切り、ほかの三年生にも辛辣《しんらつ》な言葉を浴びせた。

「おまえらは、たかだか新人戦の市ベスト4に浮かれてしまった。県大会に出場したものの初戦敗退。県ではベスト32に過ぎない。その程度のチームだということを深く認識すべきだ。

おれは現状に満足してるやつに用はない。三年生が本気で上を目指さないかぎり、まだ卒業まで時間のある下級生にチャンスを与えるほうがいい。同じ力を持った選手がいるとするならば、三年ではなく、おれは迷わず二年生を使う。あるいは一年生をな。そのほうが伸び代《シロ》がある。そういう方針だ。

それから、勝手な真似をするやつは、躊躇《ちゅうちょ》せず外す。この大会も、夏の総体も、誰のための大会というわけじゃない。あくまで桜ヶ丘中サッカー部の参加する大会だ。最終的に桜ヶ丘中サッカー部のためになる采配《さいはい》を、おれは振る。――以上だ」

遼介は自分の前から草間の気配が消えるまで、その場でうなだれていた。

「ねえ、どうして遼介が、センターバックやってるわけ？」

夕食のときに、なにげなく綾子に言われた。

「今日の試合、観に来たの？」

「そうよ、哲也君やオッサのお母さんたちと一緒に。今度の監督さん、ずいぶんと賑《にぎ》やかな人ね」

綾子は春雨サラダを取り分けながら言った。

「そうだね……」

遼介はサラダに入ったキクラゲを箸《はし》の先でつついた。

「ポジション、変わったのか？」

父親の耕介に訊《き》かれた。最近、耕介は出張が少なくなったせいか、休日には家に居ることが多くなった。

「土屋が転校したからね。シゲがボランチに上がって、誰がセンターバックをやるかっていうときに、尾崎まで虫垂炎で出場できなくなったから、いろいろと試してる」

「大きな大会は、残すところふたつだよな？」

「そうよね。今やっている選手権と、夏の総体」

「最後の年だってのにな」

耕介は缶ビールをグラスに傾けた。表情はどこか暗かった。

「そういえば、あの子たちも来てたわね」

「あの子って？」

「ほら、夏祭りに誘いに来た、例の二人組の女の子」

「え、もしかしてリスちゃんたち」

由佳がわざとらしく口を挟んだ。

「ポジションが、あまり変わるというのもな……」

耕介はぽつりとつぶやいた。

「まあ、大丈夫だよ」

遼介はキクラゲを口に入れ、渋い顔をした。

「気をつけろよ。便利に使われて、最後には自分のポジションがなくなってた、なんてことにならないようにな」

「うん」

いつになく心配性の父に向かって、遼介は笑ってみせた。

午後十一時過ぎ、火照りの冷めない身体と心のままベッドに横になると、遼介は今日の試合後の草間の言葉を思い出した。自然と草間の顔が浮かんだ。じっと心の内をのぞき込むような黄色い眼。試合中とは裏腹に感情を押し殺した言葉は、重しのように遼介にのしかかってきた。あれだけ、はっきりミスを指摘されたことは、これまでなかった。あるとすれば小学六年生のときに、峰岸にドリブルで持ちすぎることをしつこく言われたとき以来だ。あのときはふさぎ込み、サッカーから逃げだしたくなった。でも、今はちがう。

自分はたしかに今日の試合でミスを犯した。それについては責められてもしかたがない。でもあのまま自分が最終ラインにとどまり、守っているだけでよかったのだろうか。キャプテンとしての責任を果たしていないと言われたけれど、釈然としないというよりも、簡単に認めたくなかった。

草間はチームの規律とサッカーの基本の大切さについても滔々《とうとう》と話した。草間がピッチに立つ者に求めているのは、フォア・ザ・チームの精神にちがいなかった。「選ばれてピッチに立つ者を選手という。選手は、常にチームに感謝し、責任を果たさねばならない」。そう言っていた。創造的なプレーよりも基本に忠実な、なるべくミスをしないシンプルなサッカーが理想なのかもしれない。

草間に叱責されたあのシーンが何度も脳裏に甦《よみがえ》った。目を閉じると、瞼《まぶた》の裏に右サイドを駆け上がる巧が浮かんだ。もし、あの場面で、あの左足のパスが通っていれば、おそらく決定的なチャンスが生まれたはずだ——。

遼介は寝返りを打った。思い出す度に、胸が焼ける。

「くそっ」

思わず口走った。

サッカーをやっていれば、自分ひとりの力で試合の流れを変えてみたいと思う瞬間は、誰にだってあるんじゃないか。少なくとも自分にはある。それは愚かなことだろうか。監督に言われたとおりのプレーに徹するだけなんて、つまらない。

結局自分は、星川の言っていたように、うまくやることができなかった。

――あの人を、見返してやる。

遼介の中で、怒りの感情が別のものへと変わろうとしていた。

セカンドボール

「冷たいよねぇ、お見舞いにも来やしないんだから」

遼介が教室の席に着くと、葉子に言われた。

「しかたないだろ、公式戦とかで忙しかったんだから」

「試合、美咲と一緒に観に行ったよ。……惜しかったね、あのパス。つながらなかったけど、遼介のやろうとしたことは、私にもわかったよ」

葉子は、いつになくまじめくさって言った。

ちょっと頬が赤くなっていたので、なんだこいつ、と遼介は思いながら「それで、尾崎の具合どうなの？」と訊《たず》ねた。

「大丈夫、元気にしてる」

「手術後は、すぐに退院って聞いたけど」

「今日退院する。でも、しばらくは自宅で安静にしてるみたい。尾崎君、手術の痕《あと》が残らないか、かなり心配してた」

なんだそりゃ、と思ったが、口には出さなかった。

「そういえば、鮫島君、お見舞いに来てたよ」

「琢磨のやつも、暇なんだな」

「なによ、その言い方」

葉子ににらまれた。右手をグーにしたので、ぶたれるのかと思った。

「矢野は？」

「美咲は、私に付き合って一度だけ」

「ふーん」

遼介は、視線をそらした。

「あれあれ？　あんた、もしかして美咲のこと気になってる？」

言われたけれど無視した。

「へえー、気にはなってるんだ……」

そのときちょうど美咲が教室に入ってきた。遼介は、葉子が余計なことを言いださないうちに部活に行くことにした。


練習前、草間が部員を集合させた。

「さっき、グラウンドへ来てみたら、こんなものが落ちてた」

節くれ立った右手には、黄色のマーカーが握られていた。「どういうことだ？」と訊《き》かれた。

部員たちが黙り込んでいると、「今日の朝練で、マーカーを使ったよな？」

「使いました」と遼介は答えた。

「練習に使ったマーカーを片づけるのは、誰の役目だ？」

「一年生です」

シゲがすかさず答えた。

「その役目については、誰が教える？」

「二年生です」

今度は哲也が答えた。

「では、そういうことがうまくできていない場合、責任は誰にある？」

今度は誰も答えなかった。

「三年生じゃないのか？」

草間は低い声で言った。「もしくは、キャプテンの責任じゃないのか？」

「すいませんでした」

遼介は頭を下げた。

「まわりが見えていない証拠なんだよ。練習が終わったら、必ずおまえが最後に確認しろ」

草間はマーカーを遼介の胸に投げつけた。

遼介は、黙ったまま足元のマーカーを拾い上げた。

続いて合宿の話に移った。合宿は、遼介たちの年代にとって初めての試みだったので、多くの者が期待に胸を膨らませていた。二泊三日の合宿は大会形式で、試合会場はすべて天然芝のグラウンドを使用する、と草間から説明があったとき、声を上げる者さえいた。

しかし、草間が発表した強化合宿の内容は、またもや三年生を愕然《がくぜん》とさせた。草間はいろいろ検討した結果、今回の合宿は、サッカー部の底上げを目的としたいので、試合経験の少ない二年生以下で参加すると発表したのだ。

「……マジかよ」

「なんだよ、それ」

後ろで不服そうな声が漏れた。

「その間、三年はどうすんですか？」

シゲは太い眉《まゆ》をつり上げた。

「休みたいか？」

草間の挑発の滲《にじ》んだ言葉に、「はっ？」とオッサがとぼけた声を上げた。

「三年は、木暮コーチのもとで、学校の土の、グ、ラ、ウ、ン、ドで練習だ。課題とメニューは考えておいてやる」

草間は口元をゆるませた。

その表情は、予期せぬ言葉に動揺している三年生を見て、楽しんでいるかのようだった。

――いったいどういう性格してんだよ。

遼介は嫌気が差した。

「それから今回の合宿を機会に、以後、二年生のキャプテンは輝志、副キャプテンはアキオにやってもらう。三年生、残念だったな。せいぜい土のグラウンドでがんばれよ」

草間は背中を向け、職員室へもどって行った。

その姿が遠のくと、三年生は次々に不満を口にした。

「だったら、最初から期待させんなよ」と和樹が言えば、「意味わかんねぇよ」と巧は言って、足元にあったボールを蹴《け》った。

「けっ、おれたちは修学旅行で京都に行くからいいもんね。あいつの土産《みやげ》はナシ！」

オッサは叫んだ。


放課後の練習が終わると、遼介はネットフェンスに向かって、ひとりボールを蹴るようになった。部活では、活動後の個人の居残り練習、通称ノコレンは基本的に禁止されているし、下校時刻も守らなければならない。それでも遼介は練習したいことがあった。

——左足。

優れたサッカー選手は、なにかしら自分の武器を持っている、とよく言われる。たとえば、独特なリズムのドリブル、卓越したスピード、球際の強さ、打点の高いヘディング、無回転キック……。

それらの中には、天性のものもあるのかもしれない。でも多くは練習で習得できるものだと思いたいし、信じたい。

スポーツには身体的な有利不利はもちろんある。身長などがそうだ。とは言っても、背の高い者が必ずしもヘディングで競り合いに勝つわけではない。ジャンプ力や、ジャンプするタイミングや角度、身体の使い方などで結果は変わってくる。あきらめていては、なにも始まらない。

プレーヤーには長所と短所がある。指導書の多くには、できないことではなく、長所をさらに磨くべきだと書かれている。離任してしまった湯浅が残してくれた本にも、その言葉があり、蛍光ペンでアンダーラインが引かれていた。なるほどと遼介も思った。でも、今の自分は新しい挑戦がしたかった。

両足が使えれば、今よりもさらにプレーの幅が広がる。右利きの場合、使いやすい右足でフェイントをかけたら、ボールを左足で持つことが多くなる。それでは蹴り足が左になってしまう。もちろんそれだけでなく、もっと自由自在にパスを操れるようになれば、サッカーが楽しくなる気がした。

なにより草間の言葉が、その思いに火を点《つ》けた。自分の左足を侮辱された。だが認めざるを得ない部分もあった。草間に否定されたことを、そのままにしておきたくなかった。だからノコレンは決して苦痛ではなく、むしろやりたかった。

校舎から離れた、グラウンドの一番道路側でなるべく目立たないように練習した。草間にノコレンを見つかって焦ったこともあったが、なぜかなにも言われなかった。遼介なりに、うまくやることにした。

日が暮れて、ボールが見えなくなると練習を終えた。連日のハードなトレーニングで筋肉痛が抜けなかったが、心地よい疲労感を味わった。

その日、部室の鍵《かぎ》を掛けて帰ろうとしたとき、グラウンドのベンチに人影を見つけた。サッカーの練習着姿で、誰かがひとりでぽつんと座っている。

「おい、早く帰れよ」

声をかけると、小柄な影が立ち上がり頭を下げた。

歩み寄ると「キャプテン、ちょっといいですか？」と声がした。声の主は輝志だった。

「どうした？」

「ちょっと、家からランニングしてきました」

「自主練か？」

「ええ、ときどき走ってます」

照れくさそうに輝志は答えた。

遼介はサッカーバッグを肩から下ろしベンチに腰かけた。さっきまでボールを蹴っていたグラウンドは、すっかり暗くなっていた。

「おれ、おかしいと思うんですよね」

唐突に輝志は切りだした。普段、どちらかと言えばおとなしい輝志なだけに、その怒ったような口調が可笑《おか》しかった。

「なにが？」

「草間監督のやり方ですよ」

「まあ、座れよ」

立ち上がったままの輝志は、もう一度軽く頭を下げてからベンチの隣に座った。額に汗が滲んでいた。

「大事な予選の最終戦前なんですよ。なんで合宿に、先輩たちが行かないんですか」

輝志の疑問には答えようがなかった。それは自分たちが決めたことではなく、監督の決断に過ぎない。多くの三年も同じ疑問を胸に抱き、もやもやしているはずだ。ただ、今回の合宿に関しては、実際には様々な問題があったのだと綾子から聞いて知った。五月には三年生の修学旅行があり、一部の保護者のあいだでは、懸念の声も上がっていたらしい。そういう事情について、草間は一切触れなかった。それに後輩の輝志を相手に、監督に対する不満を口にする気はなかった。

「おまえらにとっては、チャンスだろ？」

「絶対無理ですよ。おれらの代が、先輩たちみたく強くなるなんて」

輝志はめずらしくはっきりと口にした。

「そんなこと、わかんないだろ。まだ時間は充分ある。少ないけど、新入部員だって入ってきたんだ」

「今の一年生は、クラブチームに入らなかった、言ってみれば残りものですよ。二年だって同じようなもんです。でも先輩たちの代は特別です。キャプテンだけじゃなく、星川さんもいるし、青山さんもいる。尾崎先輩だって、やっぱりすごい。チームとしてもまとまってる。今年は、ほんとにチャンスだと思います」

輝志の顔は笑っていなかった。後輩がそう思ってくれていることが、遼介にはうれしかった。

「おれも中学に入って先輩たちを見たとき、思ったよ。この人たちは、なんてすごいんだって。中学年代の一年一年は、小学生のときと比べものにならないくらい、とても大きいんだと思う。おまえらも同じだよ。身体もでかくなるし、できることがすごく増える。それに実際、新監督になって、二年生は伸びてきたじゃないか。それって、監督にチャンスを与えてもらったからだろ」

「けど、このままじゃ、チームの雰囲気がやばくなりますよ」

「それはどうかな……」

「それよりキャプテンは、いいんですか？　センターバックのままで」

「どーゆう意味？」

「ボランチは、おれなんかよりキャプテンのほうが、よっぽど向いてます」

輝志は口を尖《とが》らせるようにした。

「それは監督の決めることだろ」

「ですけど……」

「じゃあ訊《き》くけど、おまえ、おれの代わりにセンターバック、やるか？」

「おれには無理です」

輝志は肩をすぼめた。

「尾崎のやつが虫垂炎になったとき、正直困ったよ。シゲをセンターバックにもどしても、一枚足りない。それにそうすれば、ボランチを誰がやるのかという問題に逆もどりだろ。試合の日の朝、監督にセンターバックをやれと言われたときは、正直『おれかよ』って思ったけど、土屋がいないこのピンチに、誰かがやるしかないだろ。選ばれたなら、自分がやるべきかもなって、切り替えた。

誤解してるやつも多いけど、センターバックは足元の技術がとても大切だ。ミスは即失点につながる。落ち着いてボールを持てないやつには、務まらない。ディフェンスラインの統率という仕事があるし、リーダーシップも当然必要だ。頭も使うから、そう簡単なポジションじゃない」

「でも、それでいいんですか？　チームのためだったら、なんでも引き受けちゃうんですか？　それって、キャプテンだからですか？」

輝志の矢継ぎ早の問いかけに、遼介は笑って答えなかった。ただ、キャプテンだからではない、と思った。チームのことを優先して考えられる者が、自然とキャプテンに収まっているものなのだ。チームには、そういう役割をこなす人間が必要だから。

「おれ、合宿行くのやめようかと思って。先輩たちと土のグラウンドで一緒に練習したいです」

「なーに言ってんだよ」

遼介は笑い飛ばすように言った。「二年生は、なんか問題でもあるのか？」

「問題っていうか、最初からあきらめてるやつが多いんですよ。先輩たちが引退するまで、レギュラーになんてなれっこないって。そう思っているやつばっかかです。だから、無理だとわかっていて一生懸命やるなんて、かっこ悪いくらいの感じなんで……」

「一年生の柏井は、どうだ？」

「あいつは面白いかもしれませんね。クラブチームからも声がかかっていたけど、部活を選んだ」

「なんでかな？」

「どうですかね。噂では家庭の事情じゃないかって話ですけど。あいつ、四人兄弟の長男なんですよ。クラブでやるとすれば、高い月謝や交通費、それこそ合宿の費用とかも、余計にかかるじゃないですか」

「まあな。クラブチームでサッカーをやりたいと思っても、できない人間だっているからな。そういうやつがサッカー部に入って、よかったと思えるようにしなくちゃな。だからこそ、輝志が片岡のポジションを奪ったように、誰にでもチャンスがあることを示さないと」

「片岡先輩は、きっと不満だったんでしょうね。いろいろと言われましたから」

「そうか……。まあ、そういうこともあるだろ。おれもあった。競争だからな。ただ、おまえがレギュラーを取ったことは、二年生たちにとって希望になったんじゃないのか？おまえがチームの中でもっと力を発揮すれば、自分たちにもできる、そう思えるだろ。だいたいおまえ、二年生のキャプテンに選ばれたんだぞ」

「でもおれ、やっぱ無理っスよ、キャプテンなんて……」

「キャプテンの経験は？」

「ないです」

「それでも選ばれたんだ。これからチームを引っ張っていく立場なんだぞ。今まで人よりチャンスをもらってきたんだ、しっかりしろよ」

「でも、草間監督は、ちょっと……」

輝志は首をひねった。

「なに言ってんだ。おまえらを合宿に連れて行くなんて、大変なことだぞ。どうでもいいと思ってたら、わざわざ合宿に行こうなんて言うか？　湯浅先生もそうだったけど、自分の時間を削ってまで、おれたちに付き合ってくれてるんだ。それを忘れちゃいけないだろ。おまえの親父さんだって同じだよ。だから信じようって、思えるんじゃないのか？」

輝志は唇を結んだあとで言った。「でもたぶん、うちの親父はサッカー馬鹿なだけです」

「簡単に言うな」

遼介は笑ってしまった。

そういえば自分も一年生の頃、キャプテンの兵藤とこんなふうに話をしたことがあった。そのときなんだか、うれしかった気がする。もう少し自分たちも後輩と話す時間をつくるべきなのかもしれない。

——おれたち、三年だもんな。

遼介は改めて思った。

隣で輝志が小さくため息をついた。

遼介は立ち上がると、バッグを肩にかけた。「がんばってこいよ、合宿。うちが強くなるには、選手層がもっと厚くならないとな。そうなれば、おれだってセンターバックをやる必要なくなるし……」

「そうですね……」

「土産はいらないから、うまくなって帰ってこいよな」

遼介が言うと、輝志はしかたなさそうにうなずいた。


「じゃあ、おまえとタクさんが桜ヶ丘中のコーチをするのは、夏までってことか」

峰岸はカウンターのいつもの席に頬杖《ほおづえ》をついた。

「三年生の公式戦が、終わるまでだな」

木暮は言い直した。

「そうか、すまん。いつものように夏で終わると決めつけるのは、よくないよな」

「遼介たちが引退するまで、と最初から決めてた。本当は経験のあるサッカー指導者が顧問になったら、やめるつもりだった。輝志のやつも、おれがコーチをやってるのを煙たがってるし、そろそろ自分のサッカーにもどりたい気もする。潮時かな、とも思う」

「今年は、あいつらにとって勝負の年だからな。高校でサッカーを続けるためのいいステップにしてやらないと……。で、新しい顧問、どうなんだ？」

「草間さんだろ。まだよくわからない。指導者にもいろんなタイプがいるからな。やり方はそれぞれちがう。ただ、草間さんはちょっと特別かもな。さっそく三年生と一悶着《ひともんちゃく》起こしてるよ」

「ちっ」

峰岸は片肘をついて支えていた右手から、ほっぺたを滑り落とした。

「いったい、どういう人なんだ？」

木暮は訊くと、店主の安さんオススメの若竹煮の鉢に箸《はし》をのばした。添えられた山椒《さんしょう》の若葉が鼻腔《びこう》をくすぐるように香った。

「まあ、噂はいろいろ聞いてるよ」と峰岸は答えた。「中学部活サッカー一筋。体育教員ではないけど、ずっとサッカー部の監督を歴任してきたベテラン指導者だ。去年まで草間さんが監督だった稲荷塚中とは、遼介たちが一年生のときに対戦してる。新人戦の決勝トーナメントの二回戦でな」

「たいしたもんだな、あいつら。一年生だけで、そこまでいったわけだろ」

「まあな。結果は0対2で桜ヶ丘が敗れた。一年生だけのチームに手こずったせいか、草間先生はその試合でかなりエキサイトしたらしいぞ」

「どうやら、そういうタイプなんだよな」

木暮は苦笑した。

「知り合いから聞いた話だと、草間先生は稲荷塚中の監督時代に、選手の保護者とぶつかったんだとさ。同点で迎えた公式戦のロスタイム、引き分けでも決勝トーナメントに進める場面で、選手たちは点を取りにいった。でもカウンターを喰《く》らって、失点した。決勝トーナメント進出を試合終了間際で逃しちまった。

試合後、部員が集まってミーティングをしている最中に、三年生の保護者が近くで声高に話を始めた。チームの中心選手の母親だったらしいが、最後の失点の場面で、なぜはっきり時間稼ぎを選手に指示しなかったのか、と騒いだらしい。選手にも監督にも、その声が聞こえたんだろ。草間先生はミーティングを中断して、その母親を怒鳴りつけた」

峰岸はそこまで話すと、思い出し笑いをこらえるように口に右手を当てた。

「草間さん、なんて言った？」

「『マリーシアなんて必要ない。黙ってろ、クソババア！』。そう言ったらしい」

「うはっ」

木暮は笑いをこぼした。「その母親に負けず劣らず強烈だな」

「ある意味すごいよ。でも、そういうことが問題になった。以前も先生の言動に批判的な親がいた。口が悪いからな。親から抗議を受けた学校側は、草間さんに自制を求めた。それ以後、少しはおとなしくなったらしいけど、本質はそう簡単には変わらんだろ」

「かもな」

木暮は相づちを打った。

「言っておくけど、怒鳴ることがすべて悪いとは、おれは思わない。指導者にだって、喜怒哀楽はあるさ。場合によっては、声を荒らげるのも必要な手段だと思う。最近は感情を表に出すことを、嫌う世の中になってきてるようだけどな」

峰岸はワカメをよけて筍《たけのこ》の穂先の部分を口にした。

「おまえは、怒鳴るタイプだしな」

「おれも昔ほどじゃない。指導者だって、選手と同じように日々経験して学ぶし、変わる」

峰岸は小気味よい音をたてて筍を咀嚼《そしゃく》した。

「もう少し見守るつもりだよ。このままだと、三年生との衝突は避けられない気もするが」

「あいつら、大丈夫かな」

峰岸はボトルの焼酎《しょうちゅう》をコップに注いだ。

「ところで、おまえも思い切ったことしたな」

「おれは気楽な独り身だから」

「なにが？」

「鮫島琢磨のことだよ」

「ああ、あいつな。一年だけ、うちでめんどうをみることにした。おれは気楽な独り身だから」

その悠然とした横顔に口元をゆるめ、「で、様子はどうなんだ？」と木暮は訊《たず》ねた。

「なんだか知らねえが、毎日このあたりを自転車でうろついてるよ。理由を訊《き》いたら、ひどく懐かしいんだとさ。まあ、そうなんだろうな。死んだお袋さんと一緒に、小さい頃を過ごした町だ。なにがあるわけでもないけど、あいつにとっては、大切な思い出がたくさん残ってるんだろ。

根はいいやつなんだよ。おれの顔を見るたびに、なにか手伝うことはないかって、うるせえくらいだ」

「斧《おの》で薪《まき》でも割らしてやれよ」

木暮がふざけると、峰岸がぷっとふきだした。「まったくな。あの身体じゃあ、そのうちもてあますぞ。だから、ひとつだけ頼むことにした」

峰岸は片目を瞑《つぶ》って、小指で耳の穴を掻《か》いた。

「なにを？」

「週末、桜ヶ丘FCの一年生の補助コーチをやってくれと頼んだ。神妙な顔で、『わかりました』だとさ」

「ふーん。そいつはいい手を考えたな……」

ほろ酔い加減で、木暮はうなずいてみせた。


ゴールデンウィークの初日、レディースのクラブチームの活動に参加した蜂谷麻奈を除いた二年生部員九名と、一年生部員六名が、草間に引率されて茨城県波崎《はさき》へ合宿に出発した。合宿は大会形式で、関東近辺の中学校サッカー部やジュニアユースのクラブチームが参加した。

居残り組の遼介たち三年生は、同じ日の午前八時に学校のグラウンドに集合していた。

「今日から、予選突破をかけた最終戦に向けての練習に取り組む。おれもタクさんも、この休みは毎日練習に出てくるつもりだ。だから三年生は行けなかった合宿のつもりで、トレーニングに取り組んでほしい」

木暮は無精髭《ぶしょうひげ》を右手でさすった。

「練習メニューは、草間監督から指示が出ている。フィジカル中心、とくに走ることに重点が置かれたメニュー構成だ」

「マジすか？」

オッサは目を丸くした。

「なんでおれらだけ、走んなきゃいけないわけ」

「あいつら今頃、芝生のピッチで試合だぜ」

不満の声が次々に上がった。

「つべこべ言うな。これから夏に向けてのカラダ作りは避けて通れない。個別の練習テーマも監督からもらってる。こっちは全体練習のあとで、各自でみっちり取り組んでもらう。この期間にチームで取り組む練習テーマは、〝セカンドボール〟だ。試合中に草間監督の『セカンドー！』という怒鳴り声を聞かなくてすむように、練習してくれ」

木暮のジョークに、部員たちは少しだけ表情をゆるめた。

「セカンドボールをいかにして自分たちのものにするのか。これはゲームの流れを引き寄せるためには、かなり重要なテーマだ。それをこの短期間に取り組む。ただし、おれは明確な答えを持っちゃいない。自分たちで考えて、おまえらなりのやり方を見つけるんだ」

アップを終えると、オレンジとブルーのビブスが配られ、五対五のハーフコート・ゲームが始まった。キーパーのパントキックからスタートして、ボールを競り合い、そこで生まれる両チームにとっての五分五分のボール——セカンドボールの奪い方に取り組んだ。

オッサがボールを蹴《け》り、オレンジチームのシゲと、ブルーチームの湯川が競り合った。

シゲのヘディングしたボールが跳ねる。そのボールをオレンジチームとブルーチームの選手で奪い合った。

「まずは、しっかり最初のボールを競り合え！」

木暮が声をかける。

浮いたボールにブルーのビブスの星川がすばやく反応して、胸トラップでボールを自分のものにすると、味方同士でキープした。

「いいぞ、次だ！」

タクさんの声がゴール裏から飛ぶ。

難しいのは、オレンジチームの選手が最初にヘディングでさわったとしても、セカンドボールをオレンジチームが必ずしも奪えるわけではない、という点だ。ではボールに最初にさわることには、意味がないのか？　遼介はセカンドボールに対して、どうすれば有利な立場に立てるのか考えながらプレーした。

「ポジショニング、それでいいか？」

木暮が問いかける。

「いくぞー！」

オッサは続けてボールを高く蹴った。

しばらく練習したあとで、各チームに分かれて話し合いをするように指示された。セカンドボールについてだけ、こんなふうにチームで取り組むのは初めてだった。

「やっぱさ、絶対に奪うっていう、強い気持ちでしょ」

シゲは精神論をぶった。

「だけど、気持ちだけじゃなぁ」

巧は軽く否定する。

「まずは落下点の予測じゃないかな」

春の学力テストで好成績を取った哲也の言葉に、「でも最初にボールにさわるだけじゃ、意味ないだろ。単にヘディングで競り合ってもダメなんじゃん」と巧が疑問を投げかける。

「たしかにな。自分のチームに有利になるボールにしなくちゃ」

遼介の言葉で、議論は振りだしにもどった。

「攻められてる場合は、なるべく自分たちのゴールから遠くにはね返すだろ。攻めてる場合は、はね返しちゃマズイよな」

和樹は口を尖《とが》らせた。

「あらかじめ、どこらへんにボールを落とすかわかれば有利だよね。最初の競り合いでボールを味方にパスできれば、一番いいんだ」

哲也が言うと、「でもそれって、かなり高度でしょ」とアッシが口を挟む。

「フリーならやりやすいよな。ってことは、逆に言えば相手を、絶対にフリーにさせちゃいけないってわけだ」

遼介が言うと、「なるほど」と何人かが口をそろえた。

セカンドボールを奪うためのヒントが、ひとつ見つかった。

第一のヒント。最初のボールコンタクトのとき、相手を絶対にフリーにさせないこと。

「あとはやっぱり、最初に競り合わないまわりの選手のポジショニングでしょ」

アッシの言葉に、「じゃあ、競り合いに味方二人で行ったらダメってことだな」とシゲが言った。

第二のヒント。声を出し合って、ひとりが競りにいく。

第三のヒント。競り合いに参加しないまわりの選手のポジショニングを大切にする。

「あらかじめ作戦を立てておくのは、どうかな」と哲也が言った。

みんなその意見に興味を持った。

「さっき和樹が言ったように、攻めてる場合と、攻められている場合では、最初のボールに対する意識はちがう。攻められているときは、なるべく自陣ゴールから遠くへ飛ばす。攻めているときは、なるべく相手ゴールのほうにいる味方へ飛ばす。これだけ決めておくだけでも、ちがうと思うけど、あとは方向だな。百パーセントは無理でも、そういう意識を持てば、イーブンのボールを自分たちのものにする確率を、少しでも増やせるはずだよ」

哲也の声に力がこもった。

「なるほど、セカンドボールを奪う作戦か」

遼介が言うと、「面白いかもな」と巧は髪を掻き上げた。

その後、セカンドボールの練習が再開された。その日の練習では、すぐに大きな進歩が見られたわけではなかった。ただ、セカンドボールに対する選手たちの意識は、確実に高くなった。セカンドボールを奪うプレーにも、仲間たちの連係がまちがいなく必要だと確認し合った。

そしてもうひとつ。同じテーマについてチームメイト同士で議論することは、選手間のコミュニケーションの機会を増やし、そういったやりとりの必要性を認識させた。

休憩を挟んで、草間監督のトレーニングメニューに取り組んだ。木暮に言われ、野球部がタイヤ引きに使っている古タイヤを数本借りてきた。

「タイヤ、引くんですか？」

オッサがもの憂げに訊くと、「ひとりで引くわけじゃない。チームに分かれてのトレーニングだな」と木暮は答えた。

チーム分けのメンバー構成まで草間から指示が出ていたようだ。フォワード、ミッドフィルダー、ディフェンスの選手同士が集まっていた。遼介が巧と一緒に入ったのは、ディフェンスのチームと言えた。

いろいろな制約を与えられた中で、チームで協力し合ってタイヤを指定の場所まで運ぶゲーム。声をかけ合って、ほかのチームと競い合う。負けたチームには、腕立て伏せやその場両足ジャンプなど、必ずペナルティーが科せられた。遼介はスタメン落ちして最近元気のない霜越と甲斐を励ましながら取り組んだ。かなりきついメニューの連続だった。

タイヤを使ったフィジカルの次はランニング。こちらもチームで競い合った。

「くっそ～、クソマの野郎！」

肩で荒い息をつきながらオッサは呻《うめ》いた。

途中で落伍《らくご》者が出るほどのハードなフィジカルトレーニングを終えると、木暮から部員ひとりひとりに練習テーマが伝えられた。それは草間が各自に残していった、個人向けの課題だ。

遼介に与えられたテーマは、「ロングパス」。まさに自分が取り組んでいる最中だったので驚いた。草間が求めているのは、単なるロングパスではなく、正確なロングパスだろう。右足はもちろんのこと、左足でもしっかり蹴れるようになりたかった。

部員たちに伝えられた草間からのテーマは、それぞれちがった。たとえば星川は「ボレーシュート」、哲也は「ヘディング」、和樹は「クロス」、オッサは「ゴールキック」。どれもサッカーに必要な技術を短くした言葉だ。

「なんでだよ……」

一番の不満顔は巧だった。

「なんだった？」

オッサの問いかけに、巧は小さな声で答えた。「スローイン……」

「へっ？」

「小学生じゃあるまいし、なんで今さら『スローイン』なんだよ」

「あの両手で投げるスローイン？」

オッサと沢村が顔を見合わせて笑いだした。

「馬鹿にしやがって」

巧は拗《す》ねたような顔つきで舌打ちした。巧はスローインが特に苦手なわけではないので、余計に腹が立ったのかもしれない。

三年生部員はお互いのテーマについて、疑問や不満を言い合った。

「ちょっと、いいか」

部員たちの注目を集めた木暮は、しかたねえなという顔をして口を開いた。

「おまえら、新しい監督に、どうやらあまりよい印象を持ってないみたいだな。だけどさ、おまえら監督のこと、まだよく知らないだろ。最初の印象だけで、簡単に決めつけていいのか？

そう言うおれも、じつはまだ監督がどういう人か、つかみきれてない。ただあの人は、あの人なりのやり方で、桜ヶ丘中サッカー部を強くしようとしている。どうだ、それは感じないか？　そのやり方の中で一貫していることに、ひとつ気づいた。だからおれは、監督のやり方に対して、今は口を挟むつもりはない」

「気づいたことって、なんでしょうか？」

シゲは丁寧な言葉遣いで訊《き》いた。

ほかの部員も黙って、木暮の答えを待った。

「まあ、これはおれなりに感じたことだけどさ、草間監督は、自分の感情や考えを、そのままストレートにおまえらに伝えようとしている。そのことでうるさがられることや、嫌われることを怖れてはいない。伝え方については少々疑問の残る場合もある。でも、伝える強い意志と勇気を持っている。黙って曖昧《あいまい》にして、ごまかすようなことはしない。簡単なようで、それは誰もができることではない気がする。

世の中にはいろんな人がいる。先生やサッカーの指導者だってそうだ。おまえらが望んでいた経験ある指導者が、ようやく来たんだぞ。もう少し長い目で見たほうがいいんじゃないか」

木暮の諭すような言葉に、部員たちは静かになった。

全体練習のあとの約一時間は、各自で自分のテーマに取り組む自主練に充てられた。遼介は与えられた「ロングパス」というテーマと向き合った。ネットフェンスに向かって、敵のウラを突くフィードや、サイドチェンジの低い弾道のパスなどをイメージして、何本もボールを蹴《け》った。右足で、そして左足で。

すぐ横では、星川が無人のゴールに向かってボレーシュートの練習をしていた。自分の背後にボールを投げ、すばやく反転してシュートのタイミングを計る動作を、何度も繰り返し確認していた。

「ひとりじゃ、ヘディングできません」

木暮に相談した哲也は脚立を持ち出して、ネットに入れたボールを鉄棒に吊《つる》した。鉄棒の高さを調節すると、ジャンプヘッドの練習を始めた。全員で居残り練習をやっている感じだった。

練習の合間に、遼介は部員たちの様子を眺めた。それぞれの選手が、思い思いのやり方で練習に取り組んでいた。各自が与えられたテーマには、草間からのメッセージが込められている気がした。たとえば「ヘディング」というテーマを与えられた哲也には、フィールドプレーヤーとしてピッチに立つには、弱点のヘディングを磨く必要性を。タクさんを相手にプレースキックとパントキックを蹴っているオッサには、キックの精度をもっと上げることを。ダッシュを繰り返す霜越と甲斐には、サイドバックのポジションを取り返すためには、いったいなにが必要なのか――。

遼介は土のグラウンドでボールを蹴り続けた。今は悔しさをバネに変えて、ボールを蹴るしかない。この練習を今日だけでなく続けようと思った。

　ふと気になって巧を捜すと、青くなり始めた六畳芝生の上で、両手を枕に寝転んでいた。早くも練習をリタイアしたようだ。巧の眺めている青空には、白く斜線を引いたように、飛行機雲が西の空にのびていた。

停部

修学旅行の土産の生八つ橋を後輩の部員たちに配った日のことだ。

「遼介、話があるんだけど」

声をかけてきたのは、このところ試合でスタメンを外れている霜越だった。いつものように甲斐も一緒にいた。二人の冴《さ》えない表情を見て、愉快な話でないことは容易に知れた。気が進まなかったけれど、放課後の練習が終わったあと、三人だけ部室に残って話すことにした。

「考えたんだけどさ、この大会が終わったら、おれたち引退しようかと思って……」

作戦板の前のパイプ椅子に座った霜越が、重たそうに口を開いた。

「三年だし、ひとあし早く受験の準備でもするかって……」

甲斐は申し訳なさそうに続けた。

用件を話し終えると、二人は黙ってうなだれた。

これまで霜越と甲斐は、両サイドバックとしてレギュラーをずっと張ってきた。そんな部員が簡単に「引退」という言葉を口にすることに、寂しさと苛立《いらだ》ちを感じた。ただ、相談を持ちかけてきたのは、自分がキャプテンという立場だからだ。だとすれば、話をきちんと聞くべきだと遼介は思った。ここはあまり深刻にならずに、まずは二人の本音を聞き出すことにした。

「おまえらさ、そういうとこ、どーなの。いつもつるんで、進歩ねえぞ」

砕けた調子で笑いかけたら、二人は首をすくめて同じように表情をゆるめた。受験を理由にサッカー部をやめたいようには、見えなかった。

「最後までやる気でいたんだろ？　どうしてだよ？」

遼介のその言葉に、顔を見合わせた。

「正直、わからないんだよ。おれたちがスタメンを外された理由」

霜越が言うと、「監督が代わって、いきなりだぜ。おれらにも、これまでやってきたプライドだって多少はある」。甲斐の口調は歯切れが悪かった。

「……だよな、その気持ち、おれもわかるよ」

遼介はうなずいてみせた。

「そーだろ。どう考えても、やり方が乱暴すぎやしないか？」

「要するに、草間先生のやり方が気にくわないってわけだろ」

「気にくわないっていうか、理解に苦しむっていうか……」

霜越と甲斐は困惑顔に怒りを滲《にじ》ませた。

どうやら監督に対する不満が大きな理由のようだ。だとすれば、言うべきことは言っておこうと、遼介は決めた。

「理解できないから、やめちゃうのか？」

「だってそんなの、いつまでも付き合い切れないだろ」

「じゃあ訊《き》くけど、巧のサイドバックをどう思う？」

遼介の問いかけに、仲良しコンビはまた顔を見合わせた。

「巧にサイドバックに入られちゃ、おれたちの立つ瀬がないよ」

「あいつは、もっと前をやるべきだよな」

二人とも同じ意見らしい。

「おれも最初はそう思ったよ。あいつは得点能力もあるし、ディフェンダーはちがうだろって。巧自身もサイドバックを嫌がってたしな。でも、巧がサイドバックに入ることによって、まちがいなくサイドからの攻撃が多くなった。敵にとってやっかいな存在になってると思う。あいつはすごく攻撃的だし、それでいてディフェンスにもしっかり走ってもどる。そう思わないか？」

「そりゃあ、たしかに巧はうまいさ」

霜越は言った。あっさり認めすぎのような気もした。

「じゃあ、一年の柏井はどうなんだよ？」

遼介が言うと、二人は黙り込んだ。顔には、自分たちは負けていない、と書いてあった。

「一年生にポジションとられて、簡単に引き下がるのか？」

「でも、巧がいるしな」と霜越。

「そういう問題じゃないだろ。巧に勝てないなら、せめて柏井に負けるな」

「そうなるとポジションひとつじゃん」と甲斐。

その言葉に、遼介はぐっとこらえて言った。「だったらおまえら二人で、そのポジションを取るために競い合えよ。どちらかひとりでも、先発を勝ち取れ。巧も柏井も攻める気持ちを強く持ってる。監督がサイドバックになにを求めているのか、考えたほうがいい」

「そうは言うけど、守備が不安定なのに、サイドバックが安心して上がれると思うか？今は遼介がセンターバックをやっているからいいけど、土屋はいないんだぜ」

「たしかにな。けど、おれたちはどっかで、今年は三年だから、このまま自分たちがレギュラーだと決めてかかってなかったか。どっかで、慢心してなかったか？　それにポジションは、なにもサイドバックだけじゃない。新しいチャレンジをしてみろよ。やめるのはいつでもできる。これまで一緒にやってきたんだ、もう少しがんばろうぜ。

今頃、転校した土屋も新しいチームの中でもがいてるはずだよ。でもあいつは、最後まであきらめたりしないと思う。なんとしてもポジションを勝ち取るんじゃないか。土屋との約束はどうする？　そんなに簡単に破っちゃうのか？」

遼介の言葉に、二人は口をつぐんだ。

結局、この日は結論は出なかった。と言うより、安易に出すべきではないと遼介は思った。

「じゃあまた、明日の朝練でな」

遼介が言うと、二人は渋々うなずいて部室を出て行った。

汗と埃《ほこり》の臭いの充満する部室でひとりになって、ようやくため息をついた。新しい顧問に替わってから、サッカー部は揺れている。草間は部員の気持ちに配慮せずサッカー部を変えようとしている。部員たちは、そのやり方に動揺を隠せない。

このままなにも言わずに受け入れていくだけでいいのだろうか。部員の多くが不満を抱いている。自分はキャプテンという立場でありながら、なにも行動を起こさずにいる。

遼介は傾いた作戦板の向こうに落ちていた「芝生」と書かれた半紙を拾い上げた。それは県大会出場、芝生のグラウンドでサッカーをする、という先輩たちが掲げた目標。果たせなかった夢の亡骸《なきがら》だった。自分たちは今、なにを目指すべきなのか。そのことを見失っている気がした。

窓の外はいつのまにか暗くなっていた。遼介はバッグを肩にかけ、「芝生」の半紙を折りたたんでラックの隅に置き部室を出た。グラウンドに目を遣《や》ると、白いゴールポストがぼんやりと闇の中に浮かんでいた。

　遼介はポケットをまさぐって、部室のドアに鍵《かぎ》を掛けた。


　グラウンドには、日に焼けた一、二年生の姿があった。参加した合宿大会の結果は、予選リーグで全敗。最終日に、予選リーグの順位ごとのトーナメント、つまり最下位リーグにまわり、三位だったらしい。

「三位って、何チーム中？」

　巧が訊くと、「えーと、四チームですね」と安原は答えた。

「それって、弱くない？」

「まちがいなく、弱いです」

　アキオはやけに明るく答えた。

　中学生の年齢制限のない合宿大会なので、ほかの参加チームはおそらく三年生も出場したのだろう。結果は予想の範囲内と言えなくもなかった。三日間の合宿は、練習を含めてかなりハードな内容だったようだ。色の濃くなった後輩たちの顔は、それでも下を向いてはおらず、どこか溌剌《はつらつ》としていた。

その日、放課後の練習が終わると、遼介は草間のあとを追いかけ、選手起用について訊《たず》ねた。レギュラーだった霜越や甲斐などの三年生を先発から外した真意を、聞かせてもらうつもりだった。

「なぜ、それをおれに訊く？　誰かに頼まれたのか？」

草間は立ち止まり、不愉快そうに顎《あご》に力を込めた。

「いえ、そうじゃありません」

「じゃあ、なぜ訊くんだ。本人が自分で考えればいいことだろ。余計なお節介を焼くな」

「そうでしょうか」

遼介は食いさがった。

「答えは、教えない。自分で考えろ——。それが、おれのやり方だ」

草間はそれだけ言うと歩きだした。

グループリーグ第三戦。尾崎の復帰は間に合わなかった。遼介は再びセンターバックとして出場した。

先発メンバーとポジションは、ほぼ変わらず。試合は開始早々に敵のオウンゴールで運よく桜ヶ丘中が先制し、その1点を守ってハーフタイムを迎えた。前半の手応《てごた》えからすれば、「いける」と遼介は感じていた。ただ、以前のように小気味よくパスがまわり、その中で選手たちが連動していくような自分たちのサッカーではなくなっている。とにかく勝つ。そのことに縛られすぎている気がした。

給水をしながら、前半の試合運びについて、草間から注意を受けたあとのことだった。この日も右サイドバックで先発した巧が、草間に問いかけた。

「監督、自分のポジション、ずっとこのままですか？」

額から流れた汗が、眉間《みけん》を通って、思い詰めた巧の暗い目の脇を伝った。

「変えるつもりは、ない」

草間は低い声で答えた。

巧はあからさまにため息をつき、首を左右に振った。

「なにか不満でもあるのか？」

たしなめるように草間は言った。

「そんなに、自分のやり方で勝ちたいですか？」

「なんだと？」

巧はその声に背を向けると、手にした給水ボトルを地面に叩《たた》きつけた。キャップの外れたボトルから、閉じ込められた水が乾いた地面に溢《あふ》れ出し、黒い染みをつくった。

遼介は慌てて巧と草間のあいだに入った。汗ばんだ巧の右手首を取ると、身体《からだ》が小刻みに震えていた。

「霜越、準備しろ。青山と交代だ」

「監督！」

思わず、遼介は声を上げた。

「右のサイドバックに入れ」

「ちょっと、待ってください。僕らの話も聞いてください！」

遼介は、草間の前に立った。

草間は黄色い眼で遼介を捉《とら》えると、「哲也、いくぞ」と視線を外さずに言った。

「え、誰と交代ですか？」

哲也が訊くと、「10番だ」と告げた。

「どーしてですか！」

遼介は叫んだ。

「監督のおれが決めたからだ」

遼介の鼻先から、ぽたりと汗の雫《しずく》が落ちた。

桜ヶ丘中のベンチが静まり返った。

——どういうことだよ。

悔しさが喉元《のどもと》まで苦く突き上げてきた。吐き出しそうになった言葉を、やっとの思いで遼介は呑《の》み込んだ。身体中の毛穴が開いて、悪い汗が滲《にじ》み出てくるような嫌悪感を味わった。

——サッカーというのは、こんなにも自由のないスポーツだったのか。

思ったのは、そのことだった。

グラウンドでプレーする選手は、ゲームの駒のように監督の言いなりになるしかないのか。これまで親しんできたサッカーというものに裏切られたような気がして、遼介は思わず天を仰いだ。

「ほかにも、文句のあるやつはいるか？　代えてやるぞ」

草間が立ち上がると、パイプ椅子が音を立てて後ろに倒れた。

選手たちは顔を伏せ、あるいは草間から視線をそらした。その顔は一様にこわばっていたが、これ以上の混乱を望んではいなかった。

遼介はキャプテンマークを外し、黙ったまま星川に手渡した。星川は唇を結んだまま受け取った。

「二人とも、ちょっくら頭を冷やしてこい」

木暮がなにげなく言った。責めているような声音ではなかった。冷静になれ、そう言われている気がした。

巧はチームの荷物が置いてある場所まで行くと、汗染みのできたユニフォームを脱いで、さっさと着替え始めた。

「おい、帰るなよ」

遼介はその無言の背中に声をかけてから、校庭の植え込みの前に腰を下ろして、グラウンドに向き直った。怪我以外で試合に出場しなかったのは、中学に入って初めてのことだった。巧は背を向けていたが、遼介はピッチから目をそらさなかった。

後半、開始早々から桜ヶ丘中は押し込まれた。フォワードの星川までもが中盤まで下がり、ディフェンスに追われていた。決勝トーナメント進出のかかった大事な試合。落とせば、今大会の敗退が決まる。草間はなにより勝負にこだわる監督だと思っていたが、勝ちたくないのだろうか。それとも草間の求めているものは、もっと別なものなのか。矛盾する行動に遼介は戸惑った。歯嚙《はが》みする思いで戦況を見つめた。

「絶対守るぞ！」

遼介に代わってセンターバックに入った哲也が叫んでいた。

防戦一方ではあったものの、チームには〝負けない〟という強い意志があった。二人の主力選手を欠いたピッチで、二年生の輝志や麻奈や安原、さらに一年生の柏井が必死の形相でボールを追いかけていた。その姿に後輩たちの成長を遼介は見た。

桜ヶ丘中は哲也の言葉通り、なんとか前半に得た1点を守りきり、グループリーグ二位で決勝トーナメント進出を決めた。

「チームの和を乱す者は、部活に参加する資格はない」

試合後のミーティングで、遼介と巧には、停部という重い措置が言い渡された。期間についての説明はなく、復帰する条件として反省文の提出を求められた。遼介は思いがけないその宣告に黙り込んだ。


――なんでこうなるんだ。

苛立《いらだ》ちながら自分の部屋の天井を見つめた。

サッカーをあの男に奪われた気がした。

チームメイトの中では、巧の態度はやり過ぎだったかもしれないが、遼介まで停部になるのはおかしい、という意見が大半だった。みんなから励まされ、星川からはめずらしく「あんま気にすんなよ」と声をかけられた。でもどうしても納得がいかなかった。

巧はかなり落ち込んでいた。遼介が停部になったのは、自分のせいだと感じているのかもしれない。「すまん」と謝ったあとは、しばらく口をきかなかった。

巧は草間に対する不満をかなり鬱積《うつせき》させていたようだ。帰り際に「反省文なんて知るかよ」とつぶやいた。反省文を書かない限り、部活への復帰はおそらく認められないはずだ。

決勝トーナメント進出を決めた大切な時期に、なんでこうなるんだ——。などとは思わなかった。

停部期間中、遼介は自粛をしてサッカーボールに触れないでおこう、などとは思わなかった。放課後になるとボールを抱えて、桜ヶ丘FC時代のホームグラウンドである桜ヶ丘小学校の校庭に出かけた。

放課後の小学校の校庭には、小学生が何人か遊びに来ていたが、誰もサッカーボールを蹴《け》ってはいなかった。低学年らしき男子が三人、アスレチックコースのタイヤに腰かけてうつむいている。なにをしているのかと思えば、三人とも携帯ゲームの画面をのぞき込んでいた。

遼介たちが小学生の頃は、放課後はほとんど毎日校庭でサッカーボールを追いかけていた。低学年のときは、琢磨といつも一緒だった。審判もコートもゴールさえない試合を、夕日が沈みかけ、自分たちの影が長くなるまで、飽きもせずに繰り返した。

高学年からは平日の放課後に夕練が始まった。冬になり日が落ちるのが早くなると、工事現場用の投光器を使ってグラウンドの一部を照らして練習した。投光器の調子が悪いとき、保護者の車のヘッドライトを借りたこともあった。でも今は、練習を見てくれる大人がいなくなり、夕練は中止になったと聞いた。

軽くウオーミングアップをしたあと、遼介はキックの練習を始めた。同じ頃に始まるサッカー部の練習は気にしないことにした。そのためには、一心不乱にボールを蹴るのが一番だ。自分がいなくても、サッカー部は公式戦に勝利した。きっと今日の練習だって、草間の下、滞りなく行われるだろう。なにやらさびしい気もしたけれど、そういうものだと思った。

父の耕介が会社の愚痴をこぼしたときの台詞《せりふ》を思い出す。「会社なんて、おれがひとりいなくなろうと、なにも困りはしないさ」。今の自分もそんな心境だった。正直、今はサッカー部のことは、考えたくなかった。

途中何度か休憩を挟みながら、ひたすらボールを蹴った。インステップキック、インフロントキック、アウトフロントキック。微妙に立ち足の位置をずらしたり、軸足の膝《ひざ》の沈め具合を調整したりして、いろいろと試してみた。右足だけでなく、もちろん左足でも蹴った。

夕映えで校舎の屋上がオレンジ色に染まり始めると、グラウンドをひたすら走った。浮かんでくるのは、仲間の顔。巧は今頃どうしているか。霜越と甲斐は今日の練習に参加したか。星川はチームをうまくまとめてくれているか。輝志のやつは、リーダーとしての自覚が少しは出てきたか……。やはり気になった。

早くサッカー部にもどらなければ、という気持ちはある。ただ、サッカー部にもどるために、安易に草間に従うことはしたくなかった。今はひとりで、自分の受けた屈辱をバネにして、孤独な練習に取り組んで考えたかった。自分のサッカーについて……。

あたりが暗くなったので練習を終わりにしようと思ったが、もうひとがんばりすることにした。グラウンドには、いつのまにか誰もいなくなった。最後に全力でダッシュを十本やって終わりにした。こんなに練習に励んだのに、ひどく虚《むな》しかった。


次の日の放課後も、遼介は小学校のグラウンドへ向かった。昨日と同じようにキックの練習に取り組んだ。

めんどうくさかったので、親にはサッカー部を停部になった件は黙っていた。余計な心配をかけたくなかった。だから学校から直接小学校に歩いて通うことにした。ばれるのは時間の問題かもしれなかったけれど、後ろめたい気持ちはなかった。担任であり、サッカー部の副顧問でもある石田先生からは、停部になった経緯《いきさつ》を訊《き》かれたので、自分なりに答えておいた。石田からは怪訝《けげん》そうな顔で、早く反省文を提出するように言われた。

練習を始めて三十分くらい汗を流してから、アスレチックコースのタイヤに座って、自販機で買ってきたスポーツドリンクを飲んだ。そろそろ練習を再開しようと思ったとき、後ろで声がした。振り向くと、少し離れたネットフェンスの向こうに誰かが立っていた。

「こんなところで、練習してるんだ」

声をかけてきたのは、美咲だった。

そっちこそ、どうしてこんなところに、と思ったけれど、余計なことは言わなかった。

「青山君と一緒に、停部になっちゃったんだって?」

誰が言いふらすのか、すでにかなりの生徒がそのことを知っていた。

しかたなく、「まあね」とだけ答えた。

「落ち込んでる?」と訊かれたので、「べつに」と強がった。

「だったらいいけど」

フェンスのグリーンの網目が邪魔をして、美咲の顔はよく見えなかった。

「ねえ、これ、よかったら食べて」

美咲は白いものを差し出した。

近づいたネット越しに美咲の切れ長の瞳《ひとみ》とぶつかった。手にしているのは、コンビニのレジ袋だった。

「なにこれ?」

わざとぶっきらぼうに訊《たず》ねると、「差し入れ」と言われた。

少し躊躇《ちゅうちょ》してから受け取ると、美咲はホッとしたように表情を和らげた。

「じゃあ、いくね」

小さく手を振り、美咲はスカートを揺らして舗道を渡った。クリーニング屋の角の向こうに、夏服のセーラー服が幻のように消えた。遼介はしばらく待ったが、美咲はもどって来なかった。

グラウンドのほうに視線を移すと、鉄棒のところに小学生が数人いるだけで、誰にも見られていなかった。コンビニの袋の中には、おにぎりとフライドチキンとお茶のボトルが入っていた。なぜこの取り合わせなのか考えたが、よくわからなかった。ほかに手紙などが入ってないか探したが、それだけだった。なんだか少しがっかりした。

腹は減っていたので、さっそくフィルムを剝《は》がして、おにぎりをセットした。おにぎりは、遼介の好きなツナマヨネーズ味。フライドチキンにかぶりつきながら、ほおばった。チキンはほんのり温かく、かなり油っぽかった。

「ああ、うまい」と声に出して言ってみた。

――おれ、なにやってるんだろ。

不意に笑いが込みあげてきた。

食べ終えたら、キックの練習を再開した。左足の甲の深い位置に載せるようにしてボールを蹴り続けた。

水曜日、遼介が学校の廊下を歩いていると、運悪く反対側から草間がやって来た。顔を合わせたくなかったので、左手にある男子トイレに入ろうかと一瞬思ったけれど、自分には逃げる理由などない。軽く頭を下げてすれちがうときに、「反省文は書いたのか?」と声をかけられた。

「まだです」と答えたら、「早く書けよ」とだけ言われた。いつになく穏やかな口調だった。

草間が担任をしているクラスには、一年生部員の柏井がいる。柏井の話では、普段の草間は、グラウンドにいるときとは別人のように静かだという。信じがたい話だが、まんざら嘘ではないのかもしれない。振り返って、心の中で「クソオヤジ」とつぶやいた。

遼介が休んでいるあいだの部活の様子は、練習に復帰した尾崎から聞かされた。今回の二人の停部の件を含めて、部員たちは草間に対して不満を募らせている。

「このままじゃ、第三の停部者が出かねないよ、マジで」

いつになく尾崎は真面目な顔をした。

「無茶するなって、言っといて」

遼介が言うと、「早く復帰してくれよ」という言葉が返ってきた。

帰りのホームルームが終わり、遼介は教室を早々に出た。学校ではサッカー部の部長が停部になったという噂が広まり、何人もの生徒からそのことを訊かれた。面白半分なところもあり、あまり気持ちのよいものではなかった。

小学校のグラウンドでアップを始めると、この日も美咲がやって来た。フェンスの向こうにいることは気づいていたが、遼介は筋肉をほぐすストレッチを続けた。しばらくしてからフェンスのほうをなにげなく見た。美咲はまだそこに立っていた。

「昨日は、ありがと」

遼介はフェンスに近づき、顔は別のほうを向けたまま声をかけた。

美咲が首を横に振る気配を感じた。

離れようとしたとき、「ねえ、そっちに行ってもいいかな？」と訊かれた。

ドキッとしたけれど、「べつにいいけど」となにげなく答えた。

美咲は小走りで駆けだして、校庭の花壇のある側に向かい、しばらくするとグラウンドへやって来た。どうやら低いフェンスをよじ登ってきたようだ。昨日と同じ夏服のセーラー服姿の美咲から、今日も白い袋を手渡された。

「悪いから、お金払うよ」

「いいの、いいの」

美咲は顔の前で小さく手を振った。

遼介は半分埋まったタイヤに腰かけて、まだそれほど喉《のど》は渇いていなかったけれど水を飲んだ。美咲はふたつ離れたタイヤに寄りかかって、「ねえ、サッカー楽しい？」と言った。

遼介はグラウンドの向こうにある校舎に顔を向けたまま、「今はあまり楽しくないかも」と本音を漏らした。

「どうして?」

「やっぱり、ひとりでボールを蹴《け》っても楽しくない」

「停部、いつまでなの?」

「わからない」

「え、どうして?」

「反省文を書かなきゃいけないんだ」

「だったら、早く書けばいいじゃん」

美咲の言葉に首を横に振り、「迷ってる」と早口で言った。

美咲は目をまるくして驚いていた。

「書こうとはしたよ。けど、うまく書けない。嘘は書きたくないし」

「でも書かなかったら、部活にもどれないんでしょ?」

「たぶんね」

「もうすぐ決勝トーナメント、始まるよ」

不安げな声になった。

「そうなんだよなー」

遼介が語尾を伸ばすと、美咲は唇を少しだけ尖《とが》らせてうなずいた。

美咲と話をしていて不思議に思った。学校ではなんとなく話しにくいのに、こうして二人だけになってみると、なんだかすごく話しやすかった。まわりを意識せずにすむせいか、男友達と同じように自然に接することができた。

美咲は髪の毛を気持ちよさそうに風になびかせながら、シューズの裏でサッカーボールにさわっていた。その横顔を眺めていたら、なぜか気持ちが和んだ。それと同時に、もうめんどうくさいから、サッカー部なんてやめちゃおうかな、と心が少しだけ揺れた。そんなふうに思うのは、初めてだった。でもそれは、きっと自分が弱くなっているせいだとわかっていた。

練習にもどろうか迷っていると、美咲は琢磨の話を始めた。美咲は隣の席の琢磨と、なにかと話をする機会が多いようだ。琢磨は少しずつクラスに溶け込んできている様子だ。美咲の話からも、そう思えた。

「幼なじみなんでしょ？」

「まあね」

「小さい頃から、遼介はサッカーがすごくうまかったって、言ってたよ」

「ホント？　それはうれしいよ。でも今じゃ、あいつのほうがうまいんじゃないかな」

「だけど、鮫島君やめちゃったんでしょ、サッカー」

遼介はそのことを思い出して、小さくうなずいた。

「どんなことでも続けるって、難しいよね」

美咲は真顔で言った。

「そうかもしれない」

「ねえ、サッカーのいいところって、なにかな？」

唐突に訊《き》かれて、返事に困った。

少し考えたあとで遼介は答えた。「こうやって、ひとりでボールを蹴っていると思うけど、やっぱり、仲間なんじゃないかな」

「仲間？」

「うん」

「そっか。そういえば、鮫島君言ってた。ここへもどって来たのは、仲間がいるからだって……」

その言葉に遼介は胸を突かれた。今の自分は、心の傷の癒《い》えない琢磨に、なにもしてやれていなかった。琢磨がせっかく帰ってきたというのに……。

「あっ、誰か来る――」

美咲は顔を上げて、白い首筋を伸ばした。

グラウンドに目をやると、こちらに向かってまっすぐ歩いて来るブルーのジャージ姿が見えた。

「あれ、巧だ」とつぶやいて、遼介はタイヤから腰を浮かせた。

「じゃあ、そろそろ行くね」

美咲はすばやくその場を離れた。

「サンキュー！」

背中に声をかけると、美咲は振り向いて「またね」と微笑んだ。スカートの裾《すそ》が風にふくらんで、慌てて両手で押さえた。

サッカーバッグを肩から提げた巧は、かったるそうに右手を上げ、まぶしそうに顔をしかめた。なんだか長いあいだ、砂漠を歩いて来たような表情だった。

「やあ、お邪魔だったかな？」

にやつきながら巧が言うので、遼介はとぼけることにした。

「でも安心した。おれ以上に落ち込んでるかと思ってたから」

「べつに」

「ところで反省文、書いたのか？」

「巧は？」

「書いてない。やっぱ、書く気がしねえ」

「まあ、気持ちとしては、おれもそう」

遼介は足元のボールをスパイクですくい上げ、足の甲にボールを載せた。顔を上げたとき、通りを渡っていく美咲の後ろ姿が見えた。

巧はジャージの下を脱いで、白の短パンになってスパイクに履き替えた。

「じゃあ、練習すっか？」

声をかけてきたので、遼介は足の甲に載せたボールを足首で浮かして、グラウンドへリフティングして行った。

巧は、最初はどこか硬い表情を見せていた。無言でボールをトラップしては、考え込むようにしてパスをした。でも、ボールを蹴っているうちに、少しずつ口元がゆるんできた。パスがおかしな方向に飛ぶと「わりい、わりい」と大袈裟《おおげさ》に謝ってみせた。お互いリラックスしてボールを蹴り合った。ひとりより、二人のほうが、やっぱり楽しい。きっと二人より大勢のほうが、もっと楽しいはずだ。

休憩中の話題はどうしてもサッカー部になった。巧の表情は再び曇り、遼介も口数が少なくなった。

巧の話によれば、サッカー部員のあいだでは、草間に抗議して練習をボイコットしようとする動きがあるという。不満は三年生だけでなく、輝志ら二年生にも広がっているらしい。このままだと、シゲやオッサらボイコット強硬派を抑えることはできそうにないと、哲也が漏らしていたと聞いた。

「おれ、高校でサッカーやろうかな」

巧は唐突に言った。

「なんだよ、それ？　おれだって高校でサッカーやるよ」

「いや、そういう意味じゃなくてさ、中学はあきらめようかと思って」

「どういうことだよ？」

　遼介の声が大きくなった。

「木暮さん、どう思ってんのかな？」

　巧は、ぽつりと言った。

「わからない。けど、おれたち、もう小学生じゃないんだ。いつまでも木暮さんを頼りにするのもな」

「そうなんだよな……」

「どっちにしろ、やめるなんて口に出すな」

「おれだって言いたかないさ。でも、しょうがないだろ。そういう気分になったって……」

　巧はため息まじりに弁解した。

　行き詰まったこの現状を打ち破る策はないものか。考えたが方法はひとつしかなさそうだった。あきらめてしまえば、それまでだ。

「おれ、草間監督と話してみるよ」

　遼介は言った。

巧はそれについては賛否を示さずに、「なあ、水ある?」と言って、遼介のバッグの中をごそごそとやりだした。

「なんだ、これ?」

巧は、白い袋を取り出した。

「ああ、コンビニのおにぎりだろ?」

遼介はよく見ずに答えた。

巧が袋から取り出したのは、ピンク色のタッパーウェアだった。曇ったビニールの蓋《ふた》を開けると、中には手作りのおにぎりがふたつ並んでいた。おにぎりの表面には、五角形に切った一円玉くらいの海苔《のり》が何枚か貼ってあった。

「まじかよ、これ、サッカーボールじゃん」

巧は照れくさそうに笑った。

遼介は口ごもったが、下手な弁解はやめて、美咲がさっきくれたと白状した。

「ひとつ食えよ」

遼介は、おにぎりを巧に勧めた。

「いいよ、そんなの食えねえよ」

「食えって」

「いいって」

「いいから食ってくれよ」

「しつこいな。……わかった、じゃあ食うよ」

巧は言うと、ようやくおにぎりを手にした。

「いいなぁ、遼介は。おれも彼女とかほしいなぁ」

巧の言葉に、「べつに彼女とかじゃないし」と遼介は言って、おにぎりをほおばった。中に入っていた梅干しが、やけにしょっぱかった。

「しょっぺえ？」

「うん」

「それって、もしかして初恋の味ってやつじゃん。なーんて……」

巧が自分の言葉に照れるように笑いだしたので、つられて遼介も笑った。


それから巧は校庭を眺めながら、自分が六年生のときに、キッカーズから桜ヶ丘FCに移籍してきた理由について話し始めた。それは遼介が初めて聞く話だった。どうしてそんなことを今になって話す気になったのか、よくわからない。でも巧にとって、今だから話せる、そして話しておきたいことだったのかもしれない。

小学四年生の春、青山巧は桜ヶ丘に引っ越してきた。以前は、車で十分ほど離れた同じ市内で暮らしていた。サッカーは小学一年生のときに始めた。所属していたのは、ACミランと同じ赤と黒の縦縞《たてじま》のユニフォームのキッカーズFC。チームは強く、桜ヶ丘小学校に転校してからも、巧はキッカーズでサッカーを続けることを選んだ。

巧が所属していたキッカーズの同じ学年には、今ではJリーグの下部組織でプレーしている上崎《かみざき》、関本《せきもと》、そのままキッカーズ・ジュニアユースにもち上がった青葉市トレセン組の黒田や宮澤など、錚々《そうそう》たるメンバーが揃っていた。当時から彼らはグラウンドで注目されていた。その中にあっても巧は、自分では互角にやれているつもりだった。

しかし監督の安西《あんざい》は、五年生になっても巧の望む中盤のポジションを与えてくれなかった。ポジションは主に右のサイドバック。ミッドフィルダーを熱望していた巧にとって、それは不本意な役割だった。憧《あこが》れていた市の選抜チーム入りも、監督推薦をもらえず、テストを受けることさえできなかった。巧はやがて不満を募らせたが、口に出すことはしなかった。

野球をやっていた父親からは、「右のサイドバックは、野球で言えば外野のライトみたいなもんだろ」と言われた。野球を知らない巧には、よくわからなかったけれど、口調から褒められているわけじゃない、と薄々感じた。その後、野球には「ライパチ」という通り言葉があると聞いた。直接の意味は「守備位置がライトで打順が8番」だが、下手くそな選手の代名詞だと知った。巧は、父とはサッカーの話をあまりしなくなった。

六年生の春、巧は遂《つい》に決断した。強豪キッカーズから飛びだし、自分の通う小学校がホームグラウンドの桜ヶ丘FCでプレーする道を選んだ。小学校卒業後は、クラブチームではなく、学区内にある桜ヶ丘中学校のサッカー部に入部すると決めていた。桜ヶ丘中学校サッカー部の部員は、桜ヶ丘FC出身者が多くを占める。そうであれば少しでも早く一緒にプレーしておきたいと考えた。

「うちにくればいいじゃん」

小学校で同じクラスの星川良に誘われたことも大きかった。

キッカーズをやめるときには、巧が桜ヶ丘FCへ移ることをチームメイトの誰もが知っていた。安西監督が話したからだ。

「あのへボチームなら、おまえでも好きなポジションを選べるもんな」

安西監督からゲームメーカーに指名されていた上崎に言われた。上崎のポジションはトップ下。巧の最も憧れていたポジションだった。

悔しかったけれど、たしかにそういう計算が巧の頭の中にもあった。

巧が桜ヶ丘FCに入ってすぐ、退団したキッカーズとの対戦が決まった。練習試合ではなく、公式戦だった。

キッカーズとの試合当日、巧は試合の準備をして家を出たものの、試合会場へは足を向けなかった。やめたばかりのキッカーズの元チームメイトと顔を合わせたくなかったし、試合に出たくなかった。なぜならキッカーズに勝てるわけがない、と思ったから。

街をぶらついて時間を潰《つぶ》してから家に帰ると、桜ヶ丘FCの峰岸監督から何度も電話があったと母親に言われた。途中で腹が痛くなって帰ってきた、と巧は嘘をついた。試合は予想通り0対6で桜ヶ丘FCの惨敗だった。

次の練習日、巧がグラウンドへ行くと峰岸が待っていた。「来い」と言われたので、あとに続いた。ゴールポストから離れた校庭のポプラの木陰で二人は立ち止まった。

峰岸は、巧の目をじっと見つめて言った。

「逃げるな」

巧は、うなだれるしかなかった。

峰岸はすべてお見通しだった。でもそれ以上なにも言わないでくれた。

試合に自分が行かなかったことを、チームメイトは誰も責めなかった。峰岸が黙っていてくれたせいもある。巧は、そのとき初めてチームメイトを裏切ったことを悔やんだ。惨敗を喫した仲間の姿と心の痛みを、しっかり想像することができた。

六年生の最後の大会、桜ヶ丘FCは再びキッカーズと対戦することになった。巧は試合に出たいと強く思った。このチームでの自分の成長を確かめたかった。それに今の自分には、仲間と呼べるチームメイトがいた。

桜ヶ丘FCは、優勝候補の呼び声が高いキッカーズと戦い、PK戦の末、二回戦進出を決めた。最後に遼介がPKを決めた瞬間、巧はうれしさのあまり遼介に飛びついた。

「あのときは、最高だった」

夕暮れの迫ったグラウンドを眺めながら巧は言った。「正直あそこまでやれるとは思ってなかった。自分が選んだ桜ヶ丘FCは、『ヘボチーム』なんかじゃない。それをあいつらに認めさせたかった。でもキッカーズを破ったのは、まぐれじゃない。桜ヶ丘FCにも、すごいやつがいたからだ。キャプテンの遼介と星川のダブルリョウ。二人だけじゃない。ひとりひとりが、すげーがんばった。今でもあの試合のことを思い出すことがあるよ。自分にとって、忘れられないゲームだからね」

「懐かしいな……」

遼介は口元をゆるめた。

「キッカーズの安西監督と、草間監督はどこか似ている気がするんだ。おれのことなんて、なにもわかっちゃくれない。そんな気がする。ついてないよなぁー、またかよって感じ。……なにが、スローインを練習しろだよ。ふざけやがって」

巧は胸に閉じ込めていた思いを吐き出すと、深くため息をついた。


金曜日の放課後、教室を出て桜ヶ丘小学校のグラウンドへ向かおうとしたとき、三階の廊下で星川に呼び止められた。

「今日、時間ないか？　こいつがさ、どうしても海が見たいって言いだすからさ」

星川が後ろを親指でさすと、「チャリで行かねえ？」と琢磨が言った。

「部活は？」

「まあ、たまにはいいだろ」

星川は日に焼けた顔に白い歯を覗《のぞ》かせた。

いったん家に帰ってから、桜ヶ丘小学校の校門前に三人で集まった。三人ともジャージ姿で、自転車はママチャリだった。遼介は停部の身だったが、自主練を休む後ろめたさを感じた。ただ、琢磨にも付き合ってやりたかった。

「琢磨の自転車、年季はいってるなー」

星川が錆《さび》の浮いた型の古い自転車を冷やかすと、「しゃあないだろ、ミネさんのなんだから」と言って、琢磨は穴の開いたサドルを右手で叩《たた》いた。

「遼介と一緒に部活をサボっているのを見られるとマズイ」

星川がもっともなことを言うので、遠まわりして富士見川のサイクリングロードに出た。そこからは、ひたすら西に向かってペダルをこいだ。

「この川が、海まで続いてるってわけだ?」

琢磨の言葉に「マジで、海まで行く気?」と遼介が言うと、「マジ、マジ」と星川が笑顔で振り返った。三人の中で一番長い星川の髪が風にそよいだ。なんだか妙に楽しげだった。

川沿いの土手に続くアスファルトの狭い道を、三台の自転車で連なって走った。先頭は星川、二番手は琢磨、最後尾に遼介。後ろから改めて眺めた琢磨の腰回りは太く、かなりしっかりしていた。ミネさんの自転車が悲鳴を上げるように軋《きし》み、タイヤがパンクするんじゃないかと思うくらいへこんでいた。

「あ、釣りしてる」

琢磨は立ちこぎになって首を伸ばした。対岸のパラソルの陰にヘラブナ釣り師の姿があった。右手の長い竿《さお》が水面に刺さるように弧を描き、左手のタモアミを操っている。

「こんな川でも、魚がいるんだな」。琢磨は感心した様子だった。

他愛もない話を交わしながら、名も知らぬ草木の帯が延々と続くアスファルトの道をペダルでこぎ続けた。いくつ橋を横切っただろう。川幅がいつのまにか倍近く広くなり、曇り空を白い鳥が風に煽《あお》られながら飛んでいく。地元では見かけない海鳥だ。自転車でこんなに遠出したのは、遼介は初めてだった。

「ほら、海が見えたぞ！」

先頭の星川が叫んだ。

「うわあ、ホントだ。なんか地味な海！」

それがせっかく自転車で海まで来た琢磨の感想だった。

海浜公園の駐輪場に自転車を停めて、あてもなく園内を歩いた。海を埋め立てて造られた公園には、芝生の広場がたくさんあり、親子連れの姿が目立った。

噴水の前の売店に差しかかったとき、琢磨が急に立ち止まりズボンのポケットをまさぐった。

「なあ、お金いくら持ってる？」と琢磨は言った。

「おれ、五百円くらい」

「星川は？」

「千円ちょっと」

「じゃあ、貸してくんない。こんど絶対返すから」

「なにに使うんだよ」

「いいからいいから」

琢磨は、星川から千円札を受け取ると、なにかの資料館の隣に建っている小さな売店に入っていった。しばらくしてもどって来た琢磨の手には、グレープフルーツよりひとまわり大きなゴム製のボールがあった。

「なんだよ、それ？」

「遊びだよ、遊び」

大きな顔がうれしそうに笑っている。

「おまえらと一緒にいたら、なんだか無性にボールが蹴《け》りたくなった」

琢磨は照れくさそうに言って、歩道から芝生の広場のなかに入っていった。

「たしかに、この三人でボールを蹴るなんて久しぶりだな」

遼介が言うと、星川が「へい、パス！」とさっそくボールを要求した。

琢磨の蹴ったボールは軽いせいか、遠くまで風に流されてしまった。星川が植え込みの手前でボールに追いつき、すぐにゲームが始まった。お互いなにも言わなくてもわかっていた。一対二のドリブルゲーム。小学校のグラウンドでよくやったゴールのない試合。

星川は寄せて来る琢磨をわざとらしいシザースで左にかわした。逃げるのではなく、遼介に突っかけてくる。タターン、タターン、という小刻みなリズムのドリブルで向かってくると、直前で身体を回転させるルーレットを使った。

「良のやつ、小さい頃から、すばしっこかったからな」

琢磨は追いかけながら笑った。運動不足のせいか身体が重たそうだった。

「どうした、琢磨！」

挑発する星川に、琢磨は「チェッ」と舌打ちした。

今度は遼介がボールを持ち、琢磨を相手に右足首をすばやくひねり、アウトサイドで股《また》抜《ぬ》きをした。

「ちきしょう、エラシコかよ。おまえら、そういう小賢《こざか》しいのうまいよな」

琢磨は悔しがった。

「牛みたいに太ったんじゃねぇの」

星川の言葉に、「牛とはなんだ、牛とは」と琢磨は言い返した。

「まあ、今のところ牛だな」

遼介も冷やかした。

「ったくよ」

琢磨のTシャツには、早くも胸のあたりに汗染《あせじ》みができていた。

しばらく芝生の上でドリブルゲームを三人で楽しんだ。

自動販売機で缶ジュースを買い、芝生に座ってひと休みすることにした。三人とも炭酸飲料を避けて選んだ。夕暮れの風が火照った身体に心地よかった。柔らかいゴムボールを使った遊びのサッカーに過ぎなかったけれど、かなり楽しめた。

「おれ、桜ヶ丘FCでコーチやってんだぜ」

琢磨は、子供の頃のような得意げなしゃべり方をした。

「おまえがコーチ？」

星川の呆《あき》れ声に、遼介は笑った。

「なんだよ、その言い方？」

「そりゃそうだろ。コーチを困らせてばっかいた、あの鮫島琢磨がだよ、小学生のサッカーのコーチだぁ？」

「まったくね、おれも同感。で、どうなんだよ、コーチになった気分は？」

遼介が訊《き》くと、琢磨はひと言、「楽しい」と答えた。

「マジかよ」

「ああ、一年生を見てるんだけど、なんだかガキの頃を思い出すよ」

どこかしんみりとした口調の琢磨に、遼介はうなずいた。

「一年生か」

星川のつぶやきが聞こえた。

小学一年生の頃、どんな気持ちでボールを追いかけていたのか、思い出そうとしたが、遼介にはよくわからなかった。ただ無邪気に楽しんでいただけかもしれない。あの頃は休みの日になると、父の耕介と車に乗ってわざわざ芝生の広場まで出かけ、ボールを蹴った。

今では、そんなことはまったくなくなってしまったけれど……。

「ところで、停部の調子はどうよ？」

星川が話題を変えた。

「停部に、調子もクソもあるか」

「いったい、毎日なにしてんだよ？」

「小学校のグラウンドで自主練。キックの練習」

「左足か？」と琢磨に訊かれたので、「まあね」と答えた。

「とにかく早くもどって来いよ。おまえがいないと、おれとしてはかなりめんどくさい。輝志が毎日気にしてるぞ。安原は、なんか自分のせいみたいに落ち込んでるし……」

遼介は、黙って星川の話を聞いた。

「こないだの公式戦は、マジでやばかったからな。尾崎が虫垂炎で休んでる状況で、ハーフタイムに遼介と巧が交代させられた。1点リードしてたものの、あんときはみんな必死だった。ここで負けるわけにはいかねえって感じで、二年のやつらも気持ちが入ってた」

星川が琢磨に説明するように言った。

「じゃあ、ちっとは強くなったか、桜ヶ丘中サッカー部」

琢磨は皮肉っぽく言った。

「まあな。今は遼介が後ろに下がってるから、攻撃のチャンスは少ないけど、かなりかたちはできてきた」

星川はめずらしく褒めた。

だとすれば、草間のやり方は、ある意味ではまちがっていない、ということになる。遼介は複雑な気分だった。

草間が監督になって、チームはたしかに変わってきた。下級生にチャンスが与えられることにより、チーム内での競争が激しくなった。チームには常に一定の緊張感が生まれ、練習をサボる者もいなくなった。草間はさすがにベテラン指導者だけあって、トレーニングの引き出しをたくさん持っている。内容はテクニックだけでなく、フィジカルを求められるハードなものも加わった。練習試合で対戦する相手は、強化のために強いチームが選ばれた。そういうコーチ同士の人脈を草間は持っていた。

「決勝トーナメントの組み合わせが発表されたぞ。五ブロックに分かれて、八チームのトーナメントで県大会への切符を争うことになる。各ブロックの一位だけが、県大会の出場権獲得だ」

「いつから？」

遼介は顔を上げた。

「初戦は、六月第二週の土曜日。勝てば翌日の日曜日に二回戦、それから六月下旬に決勝戦。三つ勝てば、県大会決勝ラウンド進出」

初戦までは、二週間しかなかった。

「対戦相手は？」

「うちのブロックには、クラブチームのキッカーズとFCコスモスが入ってる。でもこの二チームとは、決勝まで当たらない。どちらか一方のクラブチームが決勝に駒を進めてくるのはまちがいない。順当に行けば、たぶんキッカーズ」

星川は、ずいぶんと先を見据えていた。

中学生になって、公式戦でキッカーズと対戦したことはなかった。去年の練習試合では1対3で敗れた。再戦を実現するには、うちがあとふたつ勝たなければならない。

「決勝まで進んだら、応援に行ってやっから」

琢磨が口を挟んだ。

「そう言うおまえは、どうなんだよ？　もう遊びでしかボールを蹴らない気か？」

星川はさらりと訊いた。

「おれは、そうだな……今はちょっと、後悔の最中なんだ」

「後悔？」

「ああ、そんな感じ」

琢磨は少し間を置いてから口を開いた。

「おれも、おまえらと同じように、ずっとサッカーをやってきた。ていうか、正直、サッカーだけだった。でもよ、それでほんとによかったのかなって、今になって思う。ほかにもやるべきことは、あったんじゃねえかなって……。

まあ、おれの場合、もうかんぺきに遅いんだけど、もう少し親のことを気遣うべきだったような気がするんだ。うまくいえないけど、サッカーよりも大事なものが、やっぱりあるような気がする」

「サッカーなんて、やらなきゃよかったか？」

星川は言った。

「いや、そうじゃねえよ。だから、バランスって言うのかな、そういうこと」

琢磨は困ったような顔になった。

「でもさ、琢磨は言ったよな。お母さんを喜ばせるために、サッカーをやってきたって。サッカーだけが、その手段だったって……」

遼介は言った。

「まあな……、おれ、アホだから」

すぐ近くで、小さな男の子が母親とボールを投げ合っていた。男の子は母親の投げ方がおもしろくないのか、身体を揺らして癇癪《かんしゃく》を起こしていた。母親は何度も謝って、子供をなだめていた。

「おれはさ――」

琢磨は静かに語りだした。「サッカーができることなんて、そんなこと、あたりまえだとずっと思ってた。ていうか、できなくなるなんて考えもしなかった。でも母ちゃんがいなくなって、ようやくわかったよ。それって、すげえ幸せなことだったんだって……。

おれの母ちゃんが死んだのは、金曜の夜。おれの試合の前日だった。母ちゃん、夜遅くに仕事から帰ってきたら、明日の弁当のおかずがないって騒ぎだした。もう遅いからいいよって、おれがもっと強く引き留めればよかったんだ。深夜営業しているスーパーに自転車で出かけていって、母ちゃん、その帰りにトラックの後輪に巻き込まれた――。

おれさ、病院で母ちゃんと約束したんだ。必ずプロのサッカー選手になるって。それで母ちゃんを楽にしてやるから、絶対に死ぬなって。母ちゃん、うん、うんって、うなずいてくれた。それなのに、母ちゃんのやつ、あっけなく逝っちまった。絶対なるって、約束したのに……」

琢磨は背中をまるめ、うずくまるようにして動かなくなった。

でも心の整理がついたのか、今日は涙を見せなかった。遼介は初めて琢磨の母親が交通事故で亡くなったことを知った。そして自分の悩みなんて、ちっぽけなものだと思い知った。

「琢磨――」

星川は低い声で呼んだ。

「おまえ、守れよ。――そんな大切な約束なら、ちゃんと守ってやれよ」

星川の言葉を聞いた琢磨は、ふっと力を抜くように口元に笑みを浮かべた。

「おまえらなら、わかるだろ。プロのサッカー選手になるってことが、どれだけすげえことか。プロのサッカー選手なんて、試合に出られなければ年俸は安いし、すぐにクビになるって言われるけど、そんなことじゃなくて、どんだけおれたちにとって大きな夢かってことが」

「わかってるよ」と星川は答えた。「だけど、約束は約束だろ」

「おれも、そう思う」

遼介はうなずくと、思ったことを口にした。「おれも星川も、おまえのお母さんのことは知ってる。おれたちは小さい頃、一緒にサッカーをやった仲間だ。おれは思うんだけどさ、おれたちの中のひとりでも、もしプロのサッカー選手になれたとしたら、それはそれで、すげえことだと思わないか」

「なんだよ、それ？」

星川は鼻で笑った。

琢磨は、「まあな」とごまかして、海のほうへ向かって歩きだした。

芝生の広場を抜けると、海沿いに続く広い舗道に突き当たった。道路を渡り、一段高くなったコンクリートの波止めを乗り越えたら、松林の小径《こみち》があった。小径をしばらく進むと不意に海に出た。

巨大な公園の砂場のような浜に、濁りの強い波が打ち寄せていた。潮の香りはまったくしない。蟹《かに》などの生き物の気配もない。休憩所らしき東屋《あずまや》のゴミ箱は、ペットボトルでいっぱいになっていた。遠く、人の手が触れることのできない夕日だけが、海に美しく沈みかけていた。

「偽物だよな」

琢磨はつぶやくと、「帰るか」と海に背中を向けた。

埋め立て地に造られた人工の渚《なぎさ》をあとにして、三人で長い影を曳《ひ》きながら自転車置き場へと歩いた。その道すがら、星川はサッカー部の話を始めた。あまり愉快な話ではなかった。

「三年の中には、監督に抗議するために、練習をボイコットしようという動きがある。悪いけど、おれにはもう止められそうもないよ」

星川はサッカー部の危機的状況を口にした。

遼介は自分の気持ちが揺るがぬうちに言った。

「明日から練習に出る」

夕食を終えた遼介は、自分の部屋にこもって机に向かった。

今日、星川と琢磨が自分を誘ったのは、琢磨が海を見たかったからじゃない。今になってようやくわかった。それは停部の身である自分を元気づけるための口実だった。本来なら琢磨を励ますべき立場なのに、そんな自分がひどくもどかしかった。

境遇はちがえども、同じ夢を見ている者同士だからこそ、語り合えることがある。本音で語り合える仲間の存在は、自分に気づきをもたらしてくれる。知らず知らずのうちに、お互いを励まし合っているような気がする。今は遠くても、夢はあきらめない限りその可能性はゼロではない。そのことを、もう一度思い出させてくれた。

同じ年代であっても、サッカーに対する考え方は人それぞれだ。置かれている環境もそうだし、求めているサッカーもちがう。より高いレベルのサッカーを追求したい者、自分の通用するレベルでのプレーを望む者、サッカーを簡単にあきらめようとする者……。人にはそれこそ、それぞれのサッカーがあるのだと、遼介は思った。

今の自分にとって一番大切なのは、サッカーという最初に夢を持たせてくれたものを、中途半端なかたちで終わらせないことのような気がした。一時の感情や心の迷いで、安易に閉ざしてはいけない。

遼介はなにもまだ記していないレポート用紙の白いページを見つめ、ある決意を持って、

「反省文」に取りかかることにした。自分にとって辛《つら》い選択であったけれど、そうすることに決めた。自分の強い気持ちを示すには、それしかないと思い至った。

自分はうわべだけの謝罪の文句を並べるつもりはない。だから、サッカーに対する自分の今の思いを綴《つづ》ることにした。

書き始めると、横道に逸《そ》れながらも、自分の感じたままをドリブルするように書き連ねた。枚数は指定されていなかったけれど、レポート用紙で三枚を超えた。一度読み返したけれど、書き直したりはしなかった。監督批判と読み取れるであろう箇所もいくつかあったが、そのままにした。

気づいたら午前零時を回っていた。

「反省文」の最後にこう書いた。

「サッカーにおける自由とはなにか、サッカーで一番大切なものとはなにか、それを自分は知りたいと思い、これからもサッカーを続けます」

ボイコット

「お帰り、キャプテン」

久しぶりにグラウンドへ行くと、アッシに声をかけられた。

悪気はないのだろうが、「お帰り」なんて言ってほしくなかった。自分はどこへも行ってはいない。遼介はそう思った。

「待ってたぜ」後ろで和樹の声がすると、「おう、遼介！」と部室から飛び出してきたオッサが抱擁《ほうよう》しようとするので、「さわんなよ」と言って、笑いながら身体をねじらせた。

部室で練習着に着替えてグラウンドへ出ると、哲也、シゲ、星川、霜越、甲斐、沢村、尾崎、湯川、中津川、チームメイトから次々に声をかけられた。そのひとりひとりの顔に、遼介はうなずいてみせた。

遼介を見つけた三年だけでなく、後輩の部員までもが、やけに丁寧に挨拶《あいさつ》をしてくるので気持ちが悪かった。二年の輝志や安原は、どこか緊張したような顔で頭を下げた。自分がサッカー部の一員であり、今もキャプテンであることを強く感じた。そしてここが自分の居場所なのだと改めて思った。

草間がグラウンドに姿を見せたので、近寄って声をかけた。

「今日から、部活にもどります」

遼介が挨拶をすると、ちらりと視線をよこして、「反省文は？」と草間は言った。

「書きました」

三つ折りにしたレポート用紙を手渡すときに、「こういうものしか書けませんでした」と正直に付け加えた。

「どういうことだ？」

「サッカーについて、自分が思うことを書きました」

草間は少し間をおいてから「青山は？」と言った。

「巧には、一緒に練習に出るよう言ったのですが……」

「そうか、……案外、不器用なやつだな。まだまだケツが青い」

咳《せ》き込んだ草間は顔をしかめて言葉を継いだ。「青山に伝えろ——。逃げるな、と」

「わかりました」

「じゃあ、行け」

草間は首を振ったが、遼介はその場にとどまって、手のひらに載せたオレンジ色のキャプテンマークを差し出した。

「なんの真似だ?」

草間の顎に力がこもった。

「これは、お返しします」

遼介は自分の決心を伝えた。「停部中に考えました。監督は、自分を認めてくれているとは思えません。話を聞いてもらえませんし、相談もしてくれません。説明もないまま、自分のやり方で一方的にチームを変えようとしている気がします。そう思っているのは、自分だけではないはずです。自分はサッカーを続けます。でもこのチームでのキャプテンは、辞退させてください」

遼介は言い終えると、唇を強く結んだ。

草間は黄色い眼で遼介をにらんでいた。沈黙がとても長く感じた。

「わかった――。これは預かることにする」

草間は静かな声で言った。怒鳴られるのを覚悟していたが、草間は手にしたキャプテンマークを見つめた。表情はどこか悲しげだった。

遼介は戸惑いつつ一礼して、その場から離れた。走ってもいないのに、心臓が早鐘を打ち、膝《ひざ》ががくがく震えた。PKを蹴《け》るときのほうが、よほど冷静でいられた。

――キャプテンをやめる。

そのことは遼介にとって容易《たやす》い決断ではなかった。でも自分の思いを強く伝えるためには、そうするべきだと思った。言ってしまったあとで、チームメイトに相談せずにキャプテンを降りたことに苦い罪悪感と、言い知れぬ喪失感を覚えた。

だが、自分の気持ちは伝えたつもりだ。この先、自分がどう扱われるのかはわからない。反省文と称した意見書を読んだ草間が怒り心頭に発し、再び停部になるかもしれない。あるいはベンチからも外されるかもしれない。でも、そのときはそのときだ。なるようになれ、としか今は思えなかった。

久しぶりに仲間と蹴るボールの感触は心地よかった。たった一週間だったけれど、チームから離れて、どこか新鮮な気持ちにさえなれた。琢磨が言っていたように、サッカーができるということが、なにかとても特別なことのようにさえ感じた。

練習が終わると、三年生部員だけが部室に残った。狭い部屋の中に、なんとか全員が自分の居場所を確保した。

「本当は遼介の復帰がなかったら、今日にでも練習をボイコットするつもりだったんだ」

シゲは声を低くして言った。

「なんなら、明日からでも、したっていい！」

オッサの声が大きくなると、みんなが鼻先に人差し指を立てて「しっ！」とにらんだ。

真面目な顔で強硬手段の必要性を二人が唱え、次々に草間に対する不満の声が上がった。選手の起用方法、試合中の指示の仕方、部員に対する態度、そして今回の遼介と巧に対する停部の措置……。

「おれ、あれも止めてほしいな。草間の咳《せき》」

アッシが付け加えると、「それに唾《つば》を吐くのも絶対禁止」とオッサは両手で×印をつくった。

「限界なのは、おれたちだけじゃない」

「下の学年のやつらだって、かなり不満を持ってる」

霜越と甲斐は、退部も辞せずといった態度を見せた。

ひととおり草間に対する非難が出尽くすと、三年生部員でいっぱいになった部室は静かになった。今ここで多数決をとれば、明日からでも練習のボイコットに動きだす勢いだった。

「それで、キャプテンはどう思う？」

探るような声をだしたのは、哲也だった。

部員の視線が遼介に集まった。ここにいないのは三年生部員では、停部中の巧だけだった。

「その前に、ちょっといいかな」

遮るように挙手したのは、星川だった。

「まず、はっきりさせとくことがある、とおれは思う。それは四月でこのチームの監督が替わったってことだ。そのことは、みんなわかってんだよな」

部員たちは上目遣いでうなずいた。

「だとすれば、頭を切り換える必要があるんじゃないか。監督が替わったんだ。フォーメーションも変われば、先発メンバーやポジションも変わる。戦術も変われば、指示の出し方だって変わる。サッカーって、そういうもんじゃないのか。チームにとって、ベストの布陣を組むのが監督の仕事のはずだ。そのために試す場合もある。それもサッカーの一部だろ？」

星川の口調には、いくぶん苛立《いらだ》ちが滲《にじ》んでいた。

「そうは言うけど、やり方ってもんがあるだろ」

シゲの言葉に、周囲の者もうなずいた。

「おれたち、プロじゃないんだぜ。ただの中学生」

オッサは腕を組んだ。

星川が唇の端をわずかに歪《ゆが》めると、「なに、その笑い！」とオッサが指さして怒った。

「そうじゃねえよ。わかるよ、おれだって、みんなが腹を立てるのも。ただな、おれがクラブをやめたときも、やっぱり同じだった。うまくいかないことを、全部コーチやチームメイトのせいだと決めつけた。自分からは、なにもしようとしなかった。それから言い訳をつくっては、練習をサボるようになった。でもあのとき、もう少しがみついたり、自分から歩み寄っていたら、どうだったんだろう、今はそう思う気持ちもある。少なくとも、なにかできたはずだってね。結局、自分はサッカーを放りだしただけのような気がする」

星川がしゃべり終えると、部室は静かになった。普段あまり自分の意見を口にしない星川の言葉は、重かった。遼介には、自分の腹を割って話してくれている気がした。

「遼介、どうなんだよ？」

シゲが再び意見を求めた。

「おれは、……サッカーがしたい」

遼介は素直に気持ちを口にした。「おれが今日、部活に復帰したのは、みんなとサッカーをしたかったからだ。練習をボイコットするためじゃない。それははっきりしてる。停部になってひとりでボールを蹴っているとき、正直すごくつまんなかった。巧と二人でボールを蹴ったけど、やっぱり心から楽しいとは思えなかった。今日、久しぶりにみんなとサッカーができて、すごく楽しかった。

わかったんだけど、おれは、ただサッカーがやりたいわけじゃない。もしそうなら、サッカー部をやめて、どこかのクラブに入り直したり、フットサル場で仲間を探せばいいのかもしれない。でもおれは、この桜ヶ丘中サッカー部で、サッカーがしたいんだ。だからおれは、練習をボイコットしたりはしない。それじゃあ、まるで反対のことをするようなもんだ。だからサッカー部のこのピンチを、サッカーに集中することで、おれは切り抜けるべきだと思う。それと、もう一度このチームがなにを目指すのか、はっきりさせたほうがいいような気がしてる」

「けどさ……」

オッサは口を挟もうとしたが、言葉は続かなかった。

遼介は長く息をつくと言った。「じつは今日、草間先生に伝えたんだ。キャプテンをやめるって」

「マジかよ」

和樹がつぶやいた。

「まったく、勝手なやつだな……」

星川は舌を打った。

「そのとき、今自分が思っていることを書いた反省文を監督に渡した。おれは、自分の考えを伝えたつもりだ。その結果は、どうなるかわからないけど……」

「遼介……」

哲也の声が漏れた。

「土屋は転校したし、片岡はやめてしまったけど、おれは今ここにいる仲間と最後までサッカーをやりたい。レギュラーとか、レギュラーじゃないとか、そんなことは関係なく、みんなと一緒にサッカーを続けたいんだ——」

静かになった部室で、我慢比べのような沈黙が続いた。聞こえるのは、外の風の音と、ときおり吐かれるため息だけ。野球部の部室に誰かが入ってきて、そして出て行った。再び部屋は沈黙に包まれた。

そのとき、遼介から一番遠く離れた部室の入り口あたりで声がした。

「キャプテンがそう言うなら、それでいいよ」

小さな細い声だった。

声の主は、三年で一番試合の出番の少ない中津川だった。普段から無口な中津川は、そう言ったあとでポケットからティッシュを取り出すと、短くチンと洟《はな》をかんだ。

「花粉？」

遼介が訊《き》くと、「いや、今日はただの風邪」と中津川は表情を変えずに答えた。

「おれも、遼介についてく」

いまだレギュラーを取れない湯川が言った。「おれにとっては、これからも遼介がキャプテンだし……」

「くーっ、泣かせるねぇー」

オッサが得意の台詞《せりふ》を吐くと、部室に笑い声が弾《はじ》けた。

みんなの緊張が解かれ、部室の中が騒がしくなった。

「でも巧はどうする。このままでいいのか？」

アッシが言った。

「わかってる。必ず連れもどす」

遼介は言うと、自分に言い聞かせるように何度もうなずいた。

「おれだってボイコット、やりたいわけじゃないんだよ」

オッサが言った。

「まあ、いいわ。腹減ったし、今日のところは解散しよう。じゃあまた、明日からがんばろうぜ！」

シゲの言葉に、仲間たちが賛同の声を上げた。


「巧はどうした？」

土曜日の練習中、木暮に声をかけられた。

「それが、まだ復帰してなくて……」遼介は言葉を濁した。

「なんだよ、まだ引きずってんのか」

木暮は顎《あご》の無精髭《ぶしょうひげ》を撫《な》でながら顔をしかめてみせた。

次の土曜日から、県大会の切符を賭《か》けたユース選手権・決勝トーナメントがいよいよ始まる。予選を勝ち抜いたチーム相手に、巧の不在はなんとか避けたいところだった。遼介は、巧が「反省文」を書くことを拒み、退部さえ匂わせていることを正直に話した。木暮なら、なにか力になってくれると思ったからだ。

「それであいつ、どこでなにやってんの？」

「たぶん、桜ヶ丘小学校のグラウンドにいるはずです」

木暮は、まったくしょーがねえな、という顔をしたあとで、「ほんじゃあ、ちょっといって来るわ」と言って、いつも自転車を停めておく桜坂のほうへ歩きだした。

遼介はグラウンドを見まわした。幸い草間の姿はなかった。遼介は事の次第を手短に星川に伝えて、自分も練習を抜けだして木暮のあとを追うことにした。靴底に突起のあるスパイクを履いていたので、アスファルトの道はひどく走りにくかった。

桜ヶ丘小学校に到着すると、自転車置き場の庇《ひさし》の陰に木暮の姿を見つけた。

「なんだよ、おまえも来ちゃったのか」

木暮は渋い顔をちょっとだけしてみせたが、帰れとは言わなかった。

グラウンドでは桜ヶ丘ＦＣの低学年の子供たちが賑《にぎ》やかに練習をしていた。部室の外壁には、「来たれ桜ヶ丘FCへ。君も未来のJリーガーへ！」と書かれた小学六年生時代の遼介たちの写真入り勧誘ポスターが、まだ貼られていた。薄暗い部室の中をのぞくと、赤いラインカーに石灰を補充している峰岸が振り向いた。

「どうした、今日はやけに中学生が来る日だな」

「巧、来てますか？」

遼介が訊《たず》ねると、「ああ、臨時コーチなら、あっちで指導中だ」と峰岸はグラウンドの奥を顎でしゃくってみせた。

「なんだ、ありゃ？」

木暮はつぶやいた。

ちいさな小学生たちに交じって、巧と琢磨が赤いビブスを着てミニゲームに興じていた。二人ともやけに楽しそうにボールを追いかけている。主役はあくまで小学生とわきまえているようだが、巧はときおりトリッキーな技を使ってみせた。

「あいつが、鮫島か」

木暮に訊かれたので、「そうです」と答えた。

「たしかに、でかいなぁ」

「最近、少し太ったらしいです」

遼介はクスッと笑った。

木暮のあとについて、逵介はグラウンドの奥へ向かった。

琢磨がこちらに気づき、「ちわっす」と頭を下げた。頬がゆるんでいる。

しばらくしてミニゲームが終わると、巧はきまり悪そうな顔をしてこちらにやって来た。額には汗が光り、頬が紅潮していた。

場所をポプラの木陰にあるベンチに移し、巧を挟むようにして三人で腰かけた。そこからは学年ごとに分かれての練習風景が見渡せた。オレンジやイエローのビブスが色鮮やかで、目に痛いくらいまぶしかった。

「いい天気だなぁ」

木暮は背伸びをしたあと、大きなあくびをした。

「ところでおまえ、ここでなにしてんの？」

そのどこか間の抜けた木暮の言い方がおかしくて、逵介は思わず笑いそうになってしまった。けれど、巧はちがった。膝《ひざ》に両手を置いて、思い詰めた表情で黙り込んでいた。

「サッカー部、やめんのか？」

なにげなく木暮は問いかけた。

「おれは……」と巧は言いかけて、言葉をすぐに呑《の》み込んだ。

「やめれば、それで楽になるか？　そうやって楽な道を一度選べば、次もまた楽をしたくならないか。人間って、それほど強くないぞ」

六年生のときから巧を知っている木暮の物言いは、遠慮がなかった。

「いいか、おまえらは十五歳になる。このグラウンドでサッカーをしていた頃とは、ちがう。自分の言葉に責任を持てるようになれ。迷っているなら、結論を急ぐな。楽になりたいからといって、決めてもいないことを安易に口に出すのは、賢明じゃないぞ。そういうのって、カッコわるいしな」

巧は息を止めているように動かなかった。

「覚えてるか？」

「えっ？」

「キッカーズとの雨の決戦だよ」

「あ、はい」

「小学六年生の最後の大会。場所はここ、桜ヶ丘小学校のホームグラウンド。朝から冷たい雨が降ってた。あの試合の前、監督はおれなのに、自分はボランチをやるって宣言した選手がいた——。おまえだよな」

「そうでしたっけ」

巧は照れくさそうに答えた。

「あの頃の巧は、遼介とトップ下のポジションを争ってた。それなのに、なぜだ？」

木暮の問いかけに、巧は顔を上げて少しつり上がった目を細めた。

「あのとき、おまえは、勝ちたかったんだよな」

「もちろんです」

「どうしても勝ちたかったんだよな。だからおまえは、トップ下のポジションを遼介に譲って、敢《あ》えて自分はボランチを選び、キッカーズの10番、エースの上崎のマークを志願した。そうじゃなかったか？」

「……そうでした」

「あのときのおまえは、チームのためなら、どんなポジションでもよかったはずだ。ちがうか？」

巧はしばらく考えたあとで、「そうかもしれません」と答えた。

「それが今のおまえはどうだ？　もうすぐチームの大切な試合があるというのに、小学校のグラウンドでしけ込んでる。自分のポジションに納得がいかなくて、監督に不満をぶつけ、『反省文』を書きたくないと、ごねてる」

「それは……」

巧はなにか言おうとしたが、木暮は許さなかった。

「おまえが奪った霜越のポジション、右サイドバックとは、それほど価値のないものか？　三年生になっても、レギュラーをつかめない中津川や湯川は、サッカーを続ける価値などないと思うか？」

巧は深くうなだれた。

「おまえは、自分にはまったく非はない、そう信じようとしている。すべては、自分ではなく、憎たらしい草間監督のせいだと思い込もうとしている。たしかに、あの人は難しい人かもしれない。おれもそう感じるときはある。でもそんな人間、この世の中にはいくらでもいるぞ。すべて自分とは、ちがうわけだしな。

サッカーをやっていれば、どうしても矛盾を感じることがある。どうして自分の意図していることが理解されないのか、どうしてもおれが認められないのか、どうしておれがチームの犠牲にならなくてはならないのか、どうしておれが認められないのか……。おれも、そうだった。それでも、その矛盾を引き受けながらプレーするしかない場合もある。少なくともおれはそう考えてサッカーを続けてきた。生きていくことと、同じように」

木暮はそこで言葉を切ってから、黙り込んでいる巧に告げた。

「逃げるな――」

その言葉を聞いて、巧はハッとした。

それは以前にもこのグラウンドのこの場所で聞いた言葉だった。キッカーズとの試合に行かなかった次の練習日、峰岸から言われた。

「この言葉は、草間先生からの伝言だ。要するに、戦え、という意味だ。巧、おまえの戦う相手は、いったい誰なんだ？　まず自分としっかり向き合え」

遼介は黙って木暮の話を聞きながら、小学生の中にまじってサッカーをしている琢磨を眺めた。それはどう見てもサッカーを教えている姿ではなかった。ただ一緒にひとつのボールを追いかけているに過ぎなかった。峰岸が、なぜ桜ヶ丘FCのコーチを琢磨に手伝わせているのか、その理由がわかったような気がした。

「お兄ちゃん」と呼ばれている琢磨は、子供たちに囲まれながら笑っていた。その笑顔は、昔の琢磨の童顔によく似ていた。琢磨は、ここが自分のサッカーの原点だと言っていた。その場所で、なにかを取りもどそうとしているのかもしれない。

「サッカーは、ひとりではできない。一緒にプレーするチームメイトだけでなく、監督やコーチにも支えられている。対戦する相手チーム、審判だって必要だ。もちろん、ピッチに立つのはプレーヤー自身。そのことは事実だ。でも戦っているのは、自分だけじゃない。サッカーを続けるためには、いろんな資質が求められる。その中には、チームのためにプレーするという、なくてはならないマインドがある。主張ばかりしている選手の多くは、チームメイトやコーチとうまくいかずに、早々とピッチから去ることが少なくない。プロの世界を見ていてもそうだ。それは幸せなことだとは、おれには思えない。自己主張することは、悪いことではないよ。でも仲間の存在を忘れちゃいけない。今のチームでやるサッカーは、一生に一度だけだぞ。

巧、思い出せよ、あの頃のまっさらなサッカーへの気持ちを――」

木暮は、うつむいたままの巧をベンチに残して、立ち上がった。

巧の肩が小刻みに震えていた。太ももに置いた両手が、今は固く握りしめられていた。

風が吹き、地面に映ったポプラの大きな樹影が揺れた。潮騒《しおさい》のような葉ずれの音の中に、嗚咽《おえつ》が聞こえた。

「巧、一緒にサッカーやろうぜ」

遼介は前を向いたまま言った。

巧は強く目を閉じて、瞳《ひとみ》を覆っていた涙を振り落とすと、言葉を絞りだすようにして言った。

「おれが……、ちっちゃかった……」

リスペクト

青葉市ユースU－15サッカー選手権決勝トーナメントが始まる前日になって、巧はようやくグラウンドに姿を現した。巧は巧なりの「反省文」を書いて草間に提出し、練習への復帰を認められた。

「なにやってたんだよ」

遼介が責めるように言うと、「ちょっとな、自主練してた」と巧は言い訳をした。

練習前、草間は部員を集めると、喉《のど》になにか引っかかっているような耳障りな声音で話をした。

「桜ヶ丘中サッカー部のこれまでの成績をみると、今は県大会にぎりぎり出場できるかどうか、といった程度のチームだ。これは並のチーム。おれに言わせれば、クソみたいなチームだ。

おれは、おまえらの三倍ちょっと長く生きてきたわけだが、その経験の中で気づいたことがある。それはなにかといえば、自分が取り組んでいるもの、たとえばスポーツや勉強でもいい、そういうものについて、もうひとつ上の世界を覗《のぞ》いてみたいなら、今のままではダメだ、ということだ。

いいか、普通のことをやっていては、普通にしかなれんぞ。

もちろん、普通というのも、それはそれで価値がある。うな重の並には、並のうまさや、ありがたみがあるようにな。でも、もしおまえらが、並で満足できないなら、それ相応の努力や工夫が必要だ。今までの自分を乗り越える、覚悟を持て」

草間はいったんそこで言葉を切り、喉を鳴らした。前列のオッサは、すかさず後ろに飛び退いた。痰《たん》を吐き出すのかと思ったが、しなかった。

「それからもうひとつ。停部になっていた部員が二人とも復帰した。武井、それから青山。二人の反省文を読ませてもらった。読んでいる途中で、これのどこが反省文なんだ、と思ったが、とりあえず全部読んだ。自分の考えや思いを、人に伝えようとする行為は、それはそれで貴いものだ。

いいか、人とぶつかることを怖れるな。チームメイト、先輩後輩、あるいは監督やコーチ。ときにはぶつかり合って、得ることもある。避けていては、なにも変わらない。部活はサッカーの技術だけを磨く場ではない。人と人との関わり方、接し方、そういうものを学ぶ場でもある。

ぶつかることから、逃げるな――。以上だ」

草間の話を聞きながら、基本を大切にしろと言ったり、普通じゃ駄目だと言ったり、どっちなんだよ、と遼介は思った。考えてみれば自分が停部にされ、復帰をすんなり認められたことも、ある意味そうだった。草間の言動は矛盾している気がした。大人の言っていることには、多くの場合、矛盾があるような気がする。そしてその矛盾と対峙《たいじ》することは、ひどく疲れる。

草間の話が終わると、部員たちはグラウンドへ向かった。

「武井」

草間が手招きをした。

反省文と称した意見書に対する小言でも聞かせられるのかと覚悟したが、別の話だった。

「おまえ、三年A組だったよな」

「そうです」

「クラスに、鮫島とかいう生徒がいるか?」

「春に転校してきた鮫島琢磨のことですか。自分の小学生時代からの幼なじみです」

「そうか、……埼玉の県トレだったらしいな」

「はい、そう聞いてます」

「ポジションは?」

「フォワードのはずです」

草間はアップを始めた部員たちに視線を置いたまま言った。「事情があって、サッカーをやめた、と聞いたが」

「琢磨に、なにか？」

「いや、いいんだ。このあいだ、指導者の集まりがあってな、その席で鮫島の話が出た。うちの生徒だというんで、ちょっと気になってな」

「あいつなら、今は小学生のサッカークラブのコーチを手伝ってます」

「コーチ？　どこのクラブだ？」

「桜ヶ丘ＦＣです。こっちで世話になってる方が、そこの会長さんなもんで」

「おまえも、たしか桜ヶ丘ＦＣ出身だったよな。木暮さんがコーチだったという……」

「そうです。琢磨も同じクラブでした」

「じゃあ、会長さんというのは、木暮さんの知り合いか？」

「高校のサッカー部時代のチームメイトだと聞いてます」

「なるほどな。つながっているんだな、いろいろと……」

草間はそこで咳《せ》き込むと、「もういいぞ、行け」と急に鬱陶《うっとう》しそうな口調になった。

遼介はホッとして、その場を離れた。自分が反省文を書いたことは、まったく無駄というわけではなかったような気がした。少なくともサッカーに対する自分の考えや気持ちは、草間に届いたはずだ。

自分が停部のあいだに、チームはキャプテンの指示がなくてもアップができる組織に変わっていた。草間はあいかわらずだけれど、以前ほど、発する言葉のひとつひとつに、部員たちは敏感に反応しなくなった。それは草間という人間を理解したというわけではないけれど、こういう人もいるんだと認識したからかもしれない。それとも自分たちの感覚が麻痺《まひ》しただけだろうか。あるいは少しは精神的に強くなったという証拠だろうか——。

遼介は両足のブルーのストッキングを膝下《ひざした》まで上げて折り返すと、スパイクのヒモを固く結び直し、アップの輪の中に遅れて入っていった。

青葉市ユースU－15サッカー選手権大会・Dブロック決勝トーナメント一回戦。桜ヶ丘中は、星川と輝志のゴールで2対0で勝利し、準決勝に進んだ。

レギュラー落ちも覚悟した遼介だったが、試合にはスタメンで起用された。その試合で遼介は初めて、体調が万全となった尾崎とセンターバックを組んだ。安原と比べたら、格段の頼もしさを感じた。ゴール前で再三ピンチを迎えたが、二人できっちりとゴールに鍵《かぎ》を掛けた。

問題の右サイドバックには、復帰直後の巧に替わって、最近積極的な姿勢を見せるようになった霜越がもどされた。左サイドバックも一年の柏井が先発から外れて、甲斐がつかんだ。ツートップは、星川と沢村が組んだ。

翌日の日曜日、準決勝の試合会場、対戦相手のホームでもある片瀬《かたせ》中学校へは各自自転車で向かった。

第一試合は、勝てば決勝に進出するキッカーズ対FCコスモス。その試合を遼介たちは観戦した。桜ヶ丘中の準決勝、対片瀬中戦は、第一試合が終わり次第キックオフの予定だった。クラブチーム同士の対戦は、キッカーズ有利のおおかたの予想を裏切る展開となった。

「誰だよ、あいつ？」

巧が言ったのは、いかにも新設のクラブチームらしい鮮やかな蛍光イエローのユニフォームの18番。FCコスモスの小柄なフォワード。重心の低いドリブルで、キッカーズの二人のセンターバックを翻弄《ほんろう》していた。二人とは、青葉市トレセンでもコンビを組んでいる宮澤と堂島だった。

赤と黒の縦縞《たてじま》のユニフォーム、その左腕に黄色いキャプテンマークを巻いた黒田は、めずらしく険しい顔で叫んでいた。

「あの18番、トレセンに選ばれてんのか？」

巧に訊《き》かれた星川は「いや、見たことない」と首をかしげた。

するとと輝志が口を挟んだ。「先輩、あいつ二年生ですよ。刀根《とね》翔馬《しょうま》。トレセンに来てます」

「二年かよ」

巧は驚きの表情を浮かべた。

刀根は身長一六〇センチ足らずだが、いかにもきかん気の強そうな面構えをしていた。突破力のあるドリブルが武器であることはまちがいない。ふてぶてしいまでの態度で、自分へのボールをチームメイトに要求していた。

夏が近づいた今、二年生がどのチームでも大きく成長を遂げていた。考えてみれば、三年生の三月生まれの部員と、二年生の四月生まれの部員とでは、生まれ日の差はわずかしかない。下級生が上級生からポジションを奪っても、なんら不思議ではない。むしろそういった競争のあるチームのほうが、選手層も厚くなり、強くなる。それは草間の考えに通じるものがあった。

「さあ、アップを始めるぞ」

タクさんの声がかかったそのとき、遂《つい》に試合の均衡が破れた。

コスモスのカウンター気味の速攻で、ボールが左に開いた刀根に渡った。

「ディレイ！」

宮澤が叫んだ。

ディフェンスラインは刀根のドリブルを警戒して、見る見るうちに後退した。

「どうしたぁ！　一枚出ろ！」

聞き覚えのある声が叫んだ。キッカーズの安西監督だった。

刀根に対峙した宮澤と堂島は、バックステップのまま身体を低くして刀根の突破に備えた。対する刀根は、浅瀬に逃げ込んだ小魚のように、すばしっこく行く手を変えながらゴールに迫った。

遂に二人のセンターバックは、ペナルティーエリア内にまで下がってしまった。宮澤がたまらずアプローチをかけようとした。すると刀根は、それを待っていたかのように逆を突いた。ボールが刀根の足を離れた瞬間、ボールを奪おうと堂島がスパイクをのばすが、わずかにタイミングが遅れ、刀根の足首を刈り取るようなかたちになった。

「うっ！」

身体をねじるようにして、刀根は倒れ込んだ。

レフェリーは鋭くホイッスルを鳴らし、ペナルティースポットを指さした。

「きわどいな」

星川の声が聞こえた。

たしかにＰＫを誘ったような派手な倒れ方にも見えた。

案の定、宮澤が判定に抗議をして、ファウルを犯した堂島と共にイエローカードを提示された。

「あれなんですよ、難しいのは」

近くにいた安原が恨めしげな声を漏らした。

「あれって?」

遼介は訊いた。

「ドリブルで向かってくる敵に対して、どのタイミングでアプローチをかければいいのか。すごく迷いどころですよね」

遼介は少し考えてから言った。「まずは、ペナの中に入ってからじゃ遅いってことだ」

「と、いいますと?」

「下手したら、今みたいにPKになるだろ。それに敵がゴールに近くなれば、シュートの決まる確率も高くなる」

「たしかに、そうですね……」

「ひとり余っている状況で仕掛けるなら、必ずペナの外側。ひとりが仕掛けて、もうひとりが止める。その際に、下手にボールを奪おうとすれば、今みたいに痛い目に遭う」

「ボールを奪いにいったら、まずいんすか?」

「無理に奪うんじゃなくて、シュートをブロックすべきだろ。そこで時間をかけさせる。

跳ね返ったボールをクリアしてもいい」

「なるほど……」

安原は何度もうなずいた。

「キャプテンはセンターバックじゃなかったのに、やけに詳しいですね」

輝志が言った。

「じつはさ、こないだ桜ヶ丘FCの練習を見に行ったときに、峰岸さんにセンターバックの極意を教えてもらったんだ。あの人、中学生のときからずっとセンターバック一筋だから、かなり勉強になった。もちろんプロの試合とかを観て、自分なりに検証してるけどさ」

遼介は答えた。

PKのキッカーには、ファウルをもらった刀根がそのまま入った。主審のホイッスルが鳴ると、刀根は左足インサイドできれいにキーパーの逆に流し込んだ。倒れ込んだキーパーは、悔しそうに地面をこぶしで叩《たた》いた。歓喜の輪の真ん中に刀根の坊主頭が覗《のぞ》いた。

試合の行方が気になったけれど、遼介たちは自分たちの試合の準備のために、ゴール裏のアップをするスペースへ急いだ。その途中で遼介の肩を誰かが叩いた。Tシャツ姿の琢磨だった。

「なんだよ、観に来るの、決勝戦じゃなかったのか？」

遼介が言うと、「その前に負けたら、観れねぇだろ」と言われた。

「なんだって？」

「ジョーク、ジョーク、今のはホントにジョーク」

琢磨は笑ってごまかした。最近、琢磨の笑っている姿をよく見かけるようになった。あいかわらずやんちゃな性格は残っているらしく、学校でも無邪気なイタズラでクラスメイトを笑わせるようになった。

「今日来たのは別件だ」

琢磨は真顔にもどると言った。

「別件って？」

「あとで詳しく話すよ。とにかく、試合がんばれよな！」

琢磨は右手でこぶしを握ると離れていった。一緒に観戦に来たのだろうか、校舎の日陰に、美咲と葉子の私服姿があった。二人はキッカーズの試合を熱心に観戦していた。

前半を終わって0対1。FCコスモスの二年生ストライカー、刀根の1点がキッカーズに重くのしかかっていた。ハーフタイムになると、次の試合に出場する桜ヶ丘中と片瀬中の選手たちが、わずかな時間ながらピッチに入ってゲーム前の練習をした。遼介は渋い藤色のユニフォームの片瀬中の選手たちを横目で見ながら、パスの交換をした。背の高い選手が揃っていた。

後半に入ってからも、キッカーズは攻め込むものの、フィニッシュを決めることができなかった。去年の秋の新人戦前、桜ヶ丘中はキッカーズと練習試合で対戦した。その練習試合のあとで、安西監督は、星川にキッカーズに来るよう誘いをかけた。今日のキッカーズの試合を見る限り、いまだに決定力に課題がありそうだ。

アップの終了後、試合前のミーティングが開かれ、草間の口から対片瀬中戦のスタメンが発表された。先発メンバーは前の試合と変わらなかった。草間は持参した白い作戦板に青色のマグネットを並べて、フォーメーションを確認させた。

巧はこの日も先発から外れた。バックアップにまわった巧は、それでも腐らずに、チームの必要とする雑用に手を貸していた。今や水分補給係のリーダーとなった湯川と中津川は、スポーツ飲料の粉末を手際よく混ぜて大量のドリンクをつくり、それを何本もの給水ボトルに詰め分けた。試合の合間に選手たちがうまく水分補給できるよう、そのボトルをグラウンドの要所要所にセットしていく役を、巧は引き受けていた。

第一試合の試合終了のホイッスルが鳴ったとき、大きなため息がピッチを包んだ。予想に反して、キッカーズは準決勝で敗れた。決勝点は刀根のPKによるものだった。その意外な結末に、観戦者たちのざわめきがしばらく収まらなかった。黄色いキャプテンマークを巻いた黒田はピッチにしゃがみこみ、安西監督は両腕を組んだままベンチで茫然《ぼうぜん》としていた。キッカーズにとっては、予期せぬ敗退といえたのかもしれない。

――サッカーでは、なにが起こるかわからない。

キッカーズの敗戦は、遼介にその言葉を思い出させた。その言葉は、強者には戒めとなり、弱者にとっては希望となる。

次の試合に勝利したチームが、県大会出場の切符を賭《か》けた決勝戦、FCコスモスと戦う権利を得る。いわばブロック予選の中学校サッカー部代表決定戦ともいえた。第一試合の試合後の挨拶《あいさつ》が終わると、桜ヶ丘中のメンバーは荷物を持ってベンチへと移動した。

空は晴れ、梅雨の合間とは思えぬ強い日差しが、パイプ椅子を並べたベンチに降り注いでいた。草間のかけたサングラスの濃いレンズには、並んだ選手たちの姿が映り込んでいた。

「決勝に進んだ場合の相手は、見ての通りFCコスモスに決まった。だが、おまえたちが勝たなければ、そんなことは関係のない話だ。まず次の試合に集中しろ。相手は同じ中体連のサッカー部。充分にチャンスはある。絶対に集中を切らすな。さっきの試合でもそうだが、一瞬の判断ミスが勝敗を分けることになる。1点の重みを自覚して、とにかく集中しろ。

いいか、ここから先の戦いは、これまで以上の力を発揮しなければ、乗り越えられんぞ。いつも以上に頭を使え……」

選手たちは、草間の言葉に耳を傾けた。

話の最後に、思い出したように草間は付け加えた。「それからひとつだけ言っておく。味方ゴール近くでの敵のリスタートに気をつけろ。今日の試合のポイントになるかもしれん」

めずらしく戦術的なアドバイスだった。普通に聞いていたら、聞き逃してしまいそうな短い忠告だったが、遼介は気になった。精神的な声がけの多い草間にしては、妙に具体的だったからだ。

「『敵を知り、己を知れば、百戦して危うからず』」

草間は言った。「誰の言葉かわかるか？」

「孫子《そんし》ですか？」

哲也が答えた。

「そうだな。兵法の極意と言われている。肝に銘じておけ」

草間からはそれだけだった。敵がゴール付近でどんなプレーを仕掛けてくるのか。どうやらその答えは、ピッチの上で見つけるしかなさそうだった。

三人の審判に続いて両チームの選手がピッチに入場した。ブルーのユニフォームの桜ヶ丘中、そして藤色のユニフォームの片瀬中。桜ヶ丘中の先頭に立ったのは、ユニフォームの色がひとりだけちがうキーパーのオッサだった。いつも先頭に立つ遼介は、列の一番後ろに並んだ。遼介は最後尾を歩きながら、左手の袖口《そでぐち》で額に浮いた汗をぬぐった。その左手の腕には、いつもそこにあるはずのものがなかった。

草間は、遼介が自分からキャプテンマークを返却したことを、部員に周知しなかった。だから新しいキャプテンはまだ決まっていない。そのため試合前の審判によるコイントスは、副キャプテンの星川が務めた。

チームのエンドが決まると、円陣を組まずに各自がポジションに散っていった。そのことについて、誰も触れようとはしなかった。

遼介はセンターバックの位置に立って、チーム全体を後ろから眺めた。隣にいる尾崎は、その場でジャンプを繰り返している。ベンチにはサングラスを鈍く光らせている草間の姿があった。その後ろの列の右端に、オレンジ色のビブスを着た巧が、背中をまるめるようにして座っていた。

試合開始のホイッスルが鳴って最初の空中戦、遼介は敵のフォワードの9番と競り合った。相手のほうが身長は高かったけれど、ポジション取りとジャンプのタイミングの差で競り合いに勝利した。ヘディングしたボールは、ボランチのシゲの頭を越えた。

「セカンド！」

いつもの草間の濁った声が響く。

「なんでだよ！」

続いてボールを奪えなかったことへの叱責《しっせき》。

遼介は両サイドの霜越と甲斐の位置取りを見ながら、ラインを慎重にコントロールした。少し前にいる尾崎の位置に、ラインの高さを詰めていく。

「マーク！　マーク！　マーク！」

同じ言葉を三回繰り返す、オッサお得意の指示が飛ぶ。

試合が始まれば、確認すべきことはいくらでもある。たとえば自分の対峙《たいじ》する敵についての分析。利き足、身長、スピード、得意とするプレー、性格、癖、自分との力関係……。それから、試合の全体的な流れにも注意を払う。中盤のボールへの寄せ具合、味方の選手同士の距離、マークはずれていないか、スペースを狙っているやつはいないか……。遼介は目を凝らした。

試合が始まって十分ほど経過して、ゲームはようやく落ち着きを見せ始めた。お互いまだチャンスらしい好機はつくれていない。ボランチのシゲが持ち味の強い当たりを見せ、敵の中盤の勢いを削《そ》いだ。前線の星川はゴール前にスペースを確保するためか、マークを引き連れて右サイドにわざと開いていた。

敵の戦術が次第に見えてきた。フォーメーションは4－4－1－1。フォワードを縦に並べている。マークはゾーンではなく、人に付いているようだ。サイドから崩そうとしているが、ときには中盤を省略して、長い縦のボールを躊躇《ちゅうちょ》なく放り込んでくる。

敵のキーパーソンもだいたいわかった。一番前に張っている長身のフォワードの9番。その右利きの9番は、スピードはそれほどないが、体格を活《い》かしたポストプレーが得意のようだ。ガツガツはしておらず、冷静に味方を使ってプレーするタイプ。でも、足元はそれほどうまくない。運動量の多い中盤の10番は、トレセンで見かけたことのある顔だ。シゲとのボールの奪い合いで、早くも熱くなってファウルを犯した。左サイドバックの5番もかなり背が高く、積極的にウラを狙っている。どこかにやけた顔をしているが、それは自信の裏返しかもしれない。片瀬中の特長としては、フィジカルに恵まれた選手が揃っていることだ。まるでバスケットボール・チームと対戦しているようだ。

前半十四分。輝志からのスルーパスを受けた星川のシュートは、中に絞り込んだ5番にブロックされる。悔しいはずだが、ポーカーフェイスで次のプレーにすぐに移った。

前半十七分。星川のコーナーキックに果敢に飛び込むシゲ。ヘディングシュートはバーのはるか上を通過する。

「いやいやいや～、外すなよー」

試合中なのに笑いをとろうとでもするようなオッサの声に、思わず遼介の口元がゆるむ。

「惜しい、惜しい。ナイスシュート！」

遼介が声をかけたら、「馬鹿野郎！　枠を外して、どこがナイスシュートなんだ！」と草間が怒鳴った。

前半二十三分。和樹の左足でのアーリークロス。飛び出したキーパーに惜しくもキャッチされ、和樹は悔しげに首を振った。

相手チームのベンチは静かだった。対照的に桜ヶ丘中のベンチでは、草間が前に立って、檄《げき》を飛ばし続けた。草間の声が潰《つぶ》れているのは、試合中に喉を酷使しているせいだと、今更ながら遼介は気づいた。

「なにやってんだ！」

「ボケッとしてんな！」

「競れよ！」

激しい身振り手振りで叫んでいる。

前半三十一分。右ハーフのアツシがトラップでボールを浮かせてしまいボールを奪われた。敵の左サイドの7番が抜け出してくる。右サイドバックの霜越がワンサイドカットをして、敵をタッチライン際にうまく追い込む。しかし、深い位置で相手ボールのスローインを取られてしまう。

「マーク、確認！」

遼介は敵を指さしながら叫んだ。

長身のサイドバックの5番がボールを受け取り、タッチラインからやけに離れた位置に立った。顔はあいかわらずゆるんでいる。ボールを自分のユニフォームの胸にこすりつけ、丁寧に拭《ふ》いた。

その仕草が、どこか不自然に遼介には思えた。今日は晴天で、ボールが濡《ぬ》れているわけではない。

——なにかある。

遼介の脳裏に、草間の言葉が浮かんだ。『ゴール近くでの敵のリスタートに気をつけろ』

敵の5番はタッチラインに向かって助走をつけると、両足を縦に広げ、両手で大きく振りかぶった。

「ロングスロー、来るぞっ！」

遼介は叫んだ。

が、遅かった。青空を悠然と駆けるボールが遼介の瞳《ひとみ》に映った。

宙を見つめるブルーのユニフォームの選手のあいだを、ボールは泳ぐようにゆったりと進み、ディフェンスラインの頭上を越えた。そこには藤色のユニフォームを着た長身の9番がいつのまにか立っていた。9番はフリーの状態でヘディングで合わせた。

半分口を開いたままのオッサの顔が見えた。両足を広げ、腰を低く落としたままボールを見送った。9番の額をかすめたボールは、軌道をわずかに変えて、吸い込まれるようにしてゴール右隅のネットを揺らした。まるでバスケットボールのスリーポイントシュートのようだった。オッサは首を後ろに折って、天を仰いだ。

一瞬の静寂のあと、主審の長いホイッスルが鳴った。

「嘘だろ？」という表情で、ブルーの選手たちが顔を見合わせた。

前半、三十二分。片瀬中先制ゴール。

もちろん、スローインにオフサイドはない。同じ年代でこれほどスローインを遠くへ飛ばす選手を、遼介は初めて見た。

藤色のユニフォームの選手たちは、それほど喜びもせず、してやったりという表情だった。

桜ヶ丘中ベンチから怒声が飛ぶことはなかった。

――やられやがって。

腕を組んで座っている草間は、そう思っているにちがいなかった。

草間の言ったのは、このことだったのだと、遼介は理解した。失点してから答えを見つけた自分が悔しかった。それと同時に、もうひとつの疑問がするりと解けた気がした。

それは合宿中に草間が巧に与えた課題の謎。草間が巧に与えたテーマは「スローイン」。巧は、その平凡すぎる課題に怒りを露わにした。だが考えてみれば、チームの中で一番多くスローインを投げるポジションといえば、サイドバック。常にサイドでの最後尾者になりうるからだ。草間は最初から巧をサイドバックのスペシャリストとして育てるつもりだったからこそ、その課題を与えたとは、言えないだろうか――。

「切り替えろ！」

遼介は叫んだけれど、ロングスローの放物線が目に焼き付いていた。敵ながら見事なセットプレーといえた。5番が胸でボールをこする仕草は、ロングスローのサインだったような気がした。

桜ヶ丘中は、1点ビハインドでハーフタイムを迎えた。

ベンチ手前で、二年生の安原がボトルと冷やしタオルを手渡してくれた。

「ヤス、サンキュー」

遼介が声をかけると、安原は小さく頭を下げた。どこか緊張していて、ピッチに立っていなくても一緒に戦っている、そんな顔をしていた。

選手が給水をしているあいだ、草間は腕を組んだまま黙り込んでいた。ロングスローからの失点について、叱責するようなことはなかった。

「まだ充分に時間はある。バランスを考えてリスクをとれ。リスクを負わなければ、チャンスは生まれないぞ。試合の状況をよく見極めろ」

木暮の諭すような声が聞こえた。

どこかでリスクをかけて攻めに転じなければ、得点は奪えない。草間が以前言っていたように、普通にやっていては、この状況を打開することはできない。

——普通じゃ、駄目だ。

今は、その言葉に強く惹《ひ》かれた。

「青山――」

草間は巧の苗字《みょうじ》を呼んだ。

巧が返事をすると、「アップしろ」と声がかかった。

巧はベンチ裏へ向かい、タクさんの並べたマーカーを使ってジグザグに走り、身体を内側から温め始めた。

「武井、ちょっと来い」

今度は遼介が呼ばれた。遂にポジションチェンジかと胸を躍らせた。

草間は、遼介をじっと見ると言った。

「いいか、ここからが勝負だぞ。しっかり耳の穴をかっぽじって聞けよ。ディフェンスは、おまえがひとり余るかたちにしろ。両サイドバックを少し中に絞らせて、尾崎の後ろにおまえが入れ。三枚のストッパーの後ろに入る感じだ」

「ディフェンスラインはフラットにしないんですか？」

「最終ラインは、おまえひとりだ」

「それは、スイーパーみたいな感じですか？」

「そうだ、そういうことだ」

草間は首を縦に揺らした。

「スリーバック？」

横で聞いていた尾崎が、話に加わった。

「あくまで四枚で守る。ただし、チャンスと見たらリスクを取れ。敵のディフェンスはマンマークだ。マークの受け渡しはうまくない。そこを突くんだ」

草間は黄色い眼を細めた。それは自分に対しての言葉だと遼介は受けとった。

「やってみます」

言ったあとで、もう一度、草間の言葉を反芻《はんすう》するように頭の中で整理した。

――チャンスと見たら、最終ラインから攻め上がれ。

そういうことだと受けとめた。

失点を嫌う草間は、守備に重きを置く監督の印象があった。あるいはチーム作りをする上で、守備から入るタイプだと感じた。そこで自分がセンターバックに起用されたのだと遼介は理解していた。実際、これまでの桜ヶ丘中は守備にもろさがあった。失点が多く、あっけなくゴールを許すケースも少なくなかった。春先に土屋がチームから抜けたことで、その傾向にいっそう拍車がかかった。

しかし、草間が自分をセンターバックに選んだのは、守備を建て直すだけでなく、こういうオプションもあったのかもしれない、と遼介は思った。新人戦のとき、遼介はスリートップの真ん中で自由にポジションを変えて戦った。それは主に高い位置から、低い位置へと降りていくポジション取りだった。最終ラインから前に上がるのであれば、状況をより把握した上で、攻撃に参加することができる。敵にとって、危険な存在になりうるはずだ。

草間は、桜ヶ丘中サッカー部を単に守備だけでなく、攻撃も併せて進化させようとしているのかもしれない。その証拠に、守備に対する高い意識だけではなく、攻めなければ起用しないことで、攻撃に対する意識を選手に植え付けた。ディフェンダーに攻撃的な選手を配置する戦術も、その表れだろう。だとすれば、サイドバックへの巧のコンバートも腑《ふ》に落ちる。攻撃は最大の防御であり、いくら守っても、得点を奪わなければ絶対に勝つことはできない。巧に求めているのは守備だけでなく、積極的な攻撃参加にちがいなかった。

草間の考えが、わずかながら垣間《かいま》見《み》えた気がした。

ただ意味もなくポジションをいじっているわけではない。そこには草間なりの意図が必ずあるはずだ。自分たち選手には、監督の意図を理解し、ピッチで実現するという使命がある。木暮が言ったように、戦っているのは選手だけではない。衝突を怖れずに粘り強く向き合うことで、微《かす》かな希望が見えてきた。

星川がこっちを向いてうなずいた。1点ビハインドされているというのに、余裕さえ感じさせる表情。その落ち着き払った顔を見ると、自分ひとりの力だけではなく、仲間がなんとかしてくれる、そう信じることができた。

主審がホイッスルを短く鳴らし、選手たちにピッチに出てくるよううながした。

遼介は両手で握った給水ボトルの胴を押して、開けた口に水を注いだ。嚙《か》むようにして水を飲み、身体の内から気持ちを昂《たか》ぶらせた。

「よし、いこう!」

遼介はタッチラインをまたいで、仲間に声をかけた。

「盛り上げようぜっ!」

オッサが甲高く叫んだ。

後半開始前、桜ヶ丘中は誰が言うともなく、円陣を組んだ。

「敵の5番のロングスロー、次は絶対にやらせるな」

「プレス、もっとガンガンいきましょう」

「早めに縦のボールを入れてくれ」

「サイドを使って崩そうぜ」

選手たちは円陣の中でお互いに要求し合い、草間からの指示を確認し合った。

「だからチャンスだと感じたら、思い切って上がる。そのときはカバーしてくれ」

遼介は言った。

「わかった、まかしとけ」

シゲが言うと、輝志もうなずいた。

「ここを勝って、決勝にいくぞ！」

遼介は力強く声をかけた。

選手たちがポジションに着くと、試合再開直前のいつもの静寂のあと、後半開始のホイッスルが鳴った。

「遼介、こっからだぞ！　おまえらなら、絶対やれる！」

琢磨の大きな声が聞こえた。

後半、1点をリードしてやや引き気味に変わった片瀬中に対して、桜ヶ丘中はボールをまわしながら徐々に押し上げ、クサビのパスのチャンスを狙った。敵は長身の選手が多い。空中戦に持ち込まれるのは不利だと判断した遼介は、速く低いボールを心がけた。そうすれば競り合いに負けて、セカンドボールを奪われる確率を下げられる気がした。

ゲームを組み立てる上で重要なのは、横のパスよりも、相手陣地に攻め入るための縦のパス。遼介は敵を背負ったボランチにボールを一度当て、ダイレクトでもどされるボールを受ける時間を使って、中盤との間合いを詰めた。相手のマークがずれたり、スペースができたと見るや、すばやくクサビのパスを縦に打ち込む。そのとき味方の選手の身体の向きから、どちらの足でボールを受けたいのか、見極めながらパスを送った。

後半五分。アウトオブプレーで主審がホイッスルを鳴らしゲームを止めた。タッチライン際、第四審判の隣にブルーのユニフォームの背番号8、青山巧の姿が見えた。退場する霜越と手を合わせた巧は、唇を結んだまま遼介の右側にポジションをとった。

遼介が親指を立てて見せると、巧はコクリとうなずいた。

遼介は自分の少し前に立つ尾崎の背中を見た。左のストッパーの位置に入った甲斐は、サイドステップを使って、ポジションを微妙に内側に修正した。

遼介は、自陣ゴール前でボールを持つと、わざと動きを止めた。敵の長身のワントップは、誘いに乗ってボールを追っては来ない。おそらく奪えないとあきらめているのだ。そのことが、なんだかすごくいい気分だった。来るなら来いと思えたし、敵の逆をとる自信もあった。

敵からのボールをディフェンスラインで仲間と跳ね返す。連係してボールを奪い、攻撃にすばやくつなげる。あるいは声をかけ合い、ラインをコントロールして敵をオフサイドに陥れる。ディフェンダーというのは、なかなか奥が深い。とても頭を使うし、チームワークが必要になる。ひとつのピンチを切り抜けると、攻撃とはまたひと味ちがう達成感がわく。サッカーの新たな楽しさを、遼介は知った気がした。

右に開いた巧は、高い位置にポジションをとった。試合の状況や、チームメイトとの関係性の中で、ポジション取りも決まってくる。巧の強い気持ちと、自分への信頼を感じた。

——攻めろよ。

巧の背中に向かってつぶやいた。

左サイドからまわって来たボールを、遼介は右足インサイドで引くようにしてトラップすると、シンプルに巧に向かって速いパスを送った。巧はファーストタッチで流れるように前を向くと、火が点《つ》いたようにタッチライン際を駆け上がり、相手を慌てさせた。敵の左サイドの選手は、ディフェンシブにならざるを得なかった。

そして遼介のロングパスが、高い位置の味方にも徐々に通るようになった。キックの自主練の手応えを感じると共に、自分が最終ラインにいる意味を強く感じられるようになった。前線の星川との距離は離れていても、関係としては決して遠くない。今はそう思えた。

後半十三分、片瀬中はバテ気味だった左ハーフの選手を早くも交代。巧の入ったサイドにフレッシュな選手をあてがった。それでも巧は強引に縦へ、あるいは中央へと、積極的にドリブルで仕掛けていく。前半は攻撃的だった敵の左サイドバックの5番は、そのせいか自重気味になり、しまりのなかった顔から笑みが消えた。巧はピッチで特別な存在感を醸しだし始めた。

後半十六分、味方左サイドを破られ、ゴール近くで敵のスローインとなった。すると反対サイドの5番、ロングスローでアシストを決めたサイドバックの選手が、わざわざスローアーにまわった。

「来るぞ！　来るぞ！　来るぞ！」

オッサは手を叩《たた》いて叫んだ。

「ロングスロー、警戒！」

呼応するシゲのモミアゲから汗が滴り落ちる。

ユニフォームの胸でボールを拭《ぬぐ》った5番の選手は、予想通り長いスローをゴール前に放り込んできた。遼介は尾崎と一緒に、先制点を決めた9番を挟むように競り合った。ボールは尾崎の側頭部に当たり、斜め前に飛んだ。その落下点に輝志がすばやく入ろうとするのが見えた。

――ここだ！

チャンスを察知した遼介は、尾崎を追い越して前に飛び出した。

敵を背負った輝志が潰《つぶ》されながらも、遼介の足元になんとかパスを落とす。

「プレーオーン！」

主審の声でファウルが流されると、遼介は顔を上げ、首を左右に振った。右に開いた巧は、すでにスタートを切っていた。必ず自分にボールが来ると信じているように。

「10番、抑えろっ！」

敵のディフェンダーの声が飛ぶ。

藤色のユニフォームが右から寄せてくる。

遼介は右足のボールをすばやくインサイドで左足にスライドさせてかわし、ぐんと前に出た。バランスを崩しそうになるが、なんとか踏みとどまる。敵のウラを突こうとする巧の姿が視界の右隅を横切った。ボールを左足から右足に持ち替えている時間はない。またひとり右から敵が寄せてくる。ファウル覚悟の形相だ。反射的に右足で踏み込むと、右手で宙をかくようにして、練習を重ねた左足を振り抜いた。左足甲の深い位置に心地よい衝撃が走った。

——届け！

と心の中で念じた。

右回転したボールは、右ハーフのアツシの頭上をきれいに越えると、全速力で駆け上がる巧の伸ばしたスパイクのつま先に触れ、砂塵《さじん》が舞った。逆サイドでスローインを投げ入れた敵の左サイドバックは、もどり切れていない。巧は足元で暴れるボールをおとなしく手懐《てなず》け、躊躇《ちゅうちょ》せず中央へ切れ込んだ。

「ナイスボール！」

敵に倒された輝志の声がした。

星川は右から左へ、しつこくマークしてくるディフェンダーを引き連れてファーサイドに流れていく。星川のつくったスペースめがけて巧がドリブルする。敵のキーパーの位置は高く、準備できていない。まだゴールまでは少し距離があったけれど、巧はその位置からシュートを狙った。

「ちがーう！」

草間の声がした。

ミドルシュートは大きくふかしたように見えた。が、無回転のボールは、ゴール前で急激に落ちると、白いバーを叩いた。なにかの合図のように、乾いた音がピッチに響いた。ボールの跳ね返った場所に、落下点を読んでいたかのようにブルーのユニフォームの9番が待ち構えていた。星川は、高く伸ばした右足ボレーでシュートをゴールネットに突き刺した。敵のキーパーは両足を開いたまま、一歩も動けなかった。

観客のどよめきのあと、ゴールの長いホイッスルが響いた。

星川は片膝《かたひざ》を地面に着くようにして、握ったこぶしを顔の前で小さく振った。

「よっしゃー！　それでいいっ」

背中でオッサの叫びを聞いた。

遼介の左足には、巧へのボールを蹴《け》った感触がまだ残っていた。失敗を怖れず、左足で自分のイメージ通りに蹴れたことが、なによりうれしかった。

巧は両手を頭上に上げて手を叩いてから、遼介を指さした。

──おまえのパスがよかった。

そう言ってくれていることがわかった。

晴れやかな気持ちで、「サンキュー！」と巧に声をかけた。

星川は、軽やかにもどりながら、巧に親指を突き上げていた。

草間はちがうと叫んだけれど、その後のプレーでゴールが生まれた。たしかにあの位置からのシュートは、冒険のようにも思えた。でもそれは、ベンチからの視点に過ぎない。巧の目には、きっとゴールがイメージできていたのだと遼介は思った。

——答えは、ひとつじゃない。

サッカーに正解なんてない。セオリーや確率よりも、その瞬間の閃《ひらめ》きにゆだねる。だからこそ面白い。それがピッチに立つ者に与えられた自由のような気がした。

後半十七分。桜ヶ丘中ゴール。遂に1対1の同点に追いついた。

俄《にわか》に敵のベンチが騒々しくなった。草間がなぜかおとなしくなったせいか、敵のコーチの声が余計にやかましく聞こえた。

失点後、片瀬中は攻めに転じてきた。深い位置でスローインを取る度に、5番がスローアーに立ち、ロングスローを長身のフォワードめがけて投げ込んできた。両手で投げるそのボールは、コーナーキック以上に正確で危険なボールといえた。桜ヶ丘中はその度にゴール前を固めて、ボールを撥《は》ね返した。ポストの脇に立った輝志が、掻《か》き出すようにしてシュートをクリアした危ない場面もあった。ピンチを救われたオッサは、輝志の背中を叩いて「いいぞ、テル！」と声をかけた。

後半二十五分。ベンチの草間が動いた。

疲れの見えるフォワードの沢村、左ハーフの和樹に代わって、二年生の安原と麻奈が同時に投入された。安原はツートップの一角に、麻奈は左ハーフに入った。和樹はよほど疲れたのか、ベンチにたどり着く前に地面にへたり込んだ。

敵のベンチも呼応するように動いて、攻撃の枚数を増やしてきた。ピッチに立っている選手たちの胸と背中は、すでに汗の染みでそこだけユニフォームの色が濃くなっていた。

後半二十八分。倒れ込んだアッシが、なかなか立ち上がれない。どうやら脚が攣《つ》ったようだ。近くにいたシゲが、アッシの足の踵《かかと》を持って伸ばしてやった。主審がゲームを止めて、アッシはピッチの外に運び出された。

草間はすばやくアッシをあきらめ、一年生の柏井を送り込んだ。

――守るのではなく、攻めろ。

草間の選手交代は、そう言っている気がした。

「思い切っていけ!」

右ハーフに入った柏井に、遼介は声をかけた。交代要員が二年生だろうが、一年生だろうが、気にしている場合じゃない。今はチーム一丸となって、この試合をなんとかものにしたかった。

敵のコーナーキックを凌《しの》いだ直後、遼介は再び最終ラインから飛び出した。シゲに当てたボールを、輝志とのワンツー、そして柏井とのワンツーで、一挙に攻め上がった。

片瀬中の選手は、マークに混乱をきたした。選手たちは忠実に自分のマークに付いていていたので、突然の闖入者《ちんにゅう》に対処できない。遼介が右サイドを駆け上がった巧にパスを通そうとしたとき、スライディングでようやくボールをタッチラインの外に出し、流れを切った。深い位置での桜ヶ丘ボールのスローインとなった。

喉がひどく渇いていた。白線を割ったボールを取りに行っている時間を使って、遼介は消えかけたタッチライン沿いに置かれたボトルに手を伸ばした。するとボールを手にした巧が近寄ってきた。お互い顔には幾筋もの汗の跡があった。

「あいつみたいには飛ばないけど、おれなりに練習した。遼介の頭めがけて思いっきり投げるから、なんとかしてくれ」

視線を合わさずに巧が言った。

それだけの言葉だったけれど、巧がなにを企《たくら》んでいるのか、不思議と遼介には手に取るようにわかった。

「やってみる」

遼介はボトルの水を喉に流し込み、巧に手渡した。ここは普通じゃないやり方でいくことにした。

遼介はピッチにもどり、尾崎とシゲに耳打ちした。

「フォアで、ヘディングを狙え」

「ホントに、フォアでいいのか？」

シゲは口に手を当てて首をひねった。

うなずくと、二人はボールサイドから離れていった。

遼介はゴールを背にするようにしてペナルティーライン近くに立った。敵を引きつけようと、途中交代で出場した安原と柏井がぐるぐると近くを動きまわっていた。星川には二人のマークがついていた。

敵は二枚のフォワードを前線に残し、カウンターを狙っていた。甲斐と輝志が残ってマークをしていたが、尾崎も上がっていたのでリスクを負った状況といえた。なんとかシュートで終わりたい場面だった。

巧の顎《あご》を使った指図に合わせて、遼介は位置取りを修正した。

「さあ、急ぎましょう」

主審が手招くようなポーズで、巧にスローインをうながした。

巧は三歩あとずさってから、ラインに向かって助走をつけた。振りかぶり、両手に持ったボールを頭の後ろへ通すと、その反動を利用して投げた。

ライナー性のボールが、遼介の頭よりわずかに高い位置へ伸びてくる。縦のスペースに走った柏井の動きに、敵は眩惑《げんわく》された。遼介は自分に向かってくるボールをのけぞるようにして、額で後ろに撥ね上げた。髪から汗が飛び散り、青空が見えた。

遼介の額でバウンドしたボールは、勢いを失わずに敵のゴール前を横切っていった。

「クリアー！」とキーパーが大声で叫んだ。

敵のディフェンダーが次々に首を伸ばして跳んだが、届かない。フォアサイドで待ち構えていた長身の尾崎とシゲが、続けざまにジャンプしてボールに飛び込んでいく。

が、尾崎の頭には合わない。

シゲの頭には、かすっただけだった。

ボールは、そのままゴール前の選手たちの密集地帯からこぼれた。敵が押し上げようとする中、ひとりの選手がゴールめがけて斜めに走り込んできた。ボールを捉《とら》えたのは、赤いスパイクだった。

観戦者の歓声がわいたとき、ボールはゴールの中に収まっていた。

「来た！」

シゲが叫んだ。

どうやってゴールが決まったのかさえわからなかった。

「誰が決めた？」

遼介が訊《き》くと、振り向いた星川がまぶしそうな顔で教えてくれた。「エイトだよ」

遼介は仲間から祝福を受けてあとずさる麻奈のところまで行くと、「やったな！」と言ってガッツポーズをしてみせた。髪を後ろできゅっと結わいた麻奈は、満面の笑みでコクリとうなずいた。

女子選手の決めたゴールに、観戦者たちの歓声がひときわ大きくなった。美咲と葉子も大騒ぎしていた。

「よくやった、麻奈！」

木暮の叫び声が聞こえた。

「しゅうちゅう！」

草間の感情を押し殺した声が、浮ついたピッチの雰囲気に活を入れた。

ベンチの草間はにこりともせずに腕を組んで戦況を見つめていた。

遂に桜ヶ丘中が2対1と勝ち越した。試合時間は残りあとわずかしかなかった。

「ラスト絶対やらせねぇぞ！」

オッサの叫びに、選手たちは応《こた》えた。

「レフェリー、もう時間だろー！」

草間は両手を広げて叫んでいた。

主審は腕時計をチラッと見てから、ホイッスルを口にくわえた。

敵のゴールキーパーがゴールライン上にプレスしたボールを蹴《け》ったとき、タイムアップのホイッスルが三度長くピッチに響いた。

「うっしゃー！」

オッサの雄叫《おたけ》びがホイッスルの音に重なった。

藤色のユニフォームの選手が何人かピッチにうずくまった。その瞬間、遼介は大きく息を吐いて、近づいてきた巧と握手を交わした。

「うまくいったな」

巧は汗だらけの顔で笑った。

「スローイン、けっこう飛んだじゃん」

「まあな」

「練習したのか？」

「自分なりに……」

巧は照れくさそうに笑った。

「わりい、わりい」

尾崎とシゲが近寄ってきたので、「ったくよ、ちゃんと頭で合わせろよ」と遼介はわざと顔をしかめて言った。

「まあ、チーム一丸の逆転勝利ってことでさ」

尾崎は言い訳を吐いた。

「エイトはえらい」

本人にではなく、遼介に言うシゲの顔がひどくうれしそうだった。

遼介は途中出場した一年の柏井に、「よく走ってたな」と声をかけた。柏井は首をすくめるようにして「ありがとうございます」と答えた。

安原が泣きそうな顔で握手を求めてきたので、右手を差し出した。

センターサークルで対戦相手と向き合って整列し、挨拶《あいさつ》を交わした。片瀬中の何人かの選手は、悔しさをこらえきれず涙していた。遼介は自分が対峙《たいじ》した長身のフォワードの差し出した右手を握りかえした。

「ナイスディフェンス。——次の試合、がんばれよ」

名前も知らないその9番の選手に言われて、なんだかすごくうれしかった。

自軍のベンチにもどると、草間はむすっとした顔で立ち上がった。逆転勝利については一切触れず、褒め言葉を封印して、勝利の余韻を味わう時間を与えないように告げた。

「ほら、さっさとベンチを空けろ!」

試合後のミーティングが終わって現地解散になっても、部員たちはしばらく雑草の生えた地面から腰を上げなかった。遼介のまわりに自然とチームの人の輪ができた。

「あの5番のロングスロー、反則だよな」

シゲは悔しげに笑った。

「たしかに。ああいうセットプレーのやり方もあるんだな」

尾崎が言うと、部員たちの顔の多くが縦に揺れた。

「でも、なんなんだよ、監督は知ってたんじゃねえの。それなら最初から『敵にはロングスローがあるから、君たち気をつけたまえ』そう言ってくれれば、よかったんだよ。なにが孫子だよ。社会の先生だからって、カッコつけやがって」

オッサは舌を打ち、忌々しげにキーパーグローブで膝《ひざ》を叩《たた》いた。

「やられたよ、あのオヤジには」

そう言ったのは、巧だった。

「それって、どういう意味？」

アッシが訊くと、巧は前髪を掻《か》きむしるようにしてから口を開いた。

「おれは正直これまで、サッカーのひとつひとつのプレーを、自分はそれなりにできてる、そう思ってた。たとえばスローインなら、人並みに投げられるし、なんの問題もないと思ってプレーしてきた。でも本気で上を目指すなら、あのオヤジが言ってたように、普通じゃダメなのかもしれない。すべてのプレーにこだわりを持って、レベルを上げていかないと……」

「まあたしかに、あのオヤジ、普通じゃないわ」

オッサは茶化してみせたが、誰も反応しなかった。

「なんだかおれ、サイドバックの面白さが、少しわかったような気がする」

巧は気分よさそうに笑った。

「へー、そうなの？」

「ああ、なんとなくだけどね」

「サッカーって、すげー深いよな」

遼介は思ったことを口にした。「おれも今日の試合で、ちょっとだけ、そんな気がした」

巧は遼介のほうを向いて言った。「今でも、あの人のことは好きになれない。うるせえし、熱すぎるし、マジで苦手。でも気づかされたことも、あった」。巧は初めて草間を認めた。

「そうかもな……おれも、自分が甘っちょろかった気がする」

一時は遼介に退部を申し出た霜越が言った。

「早まらなくて、よかったよ」

甲斐もうなずいた。

「じつはさ……、おれ、監督に訊かれたんだ。遼介のセンターバックをどう思うかって」

今日も出番のなかった哲也が言いだした。

「へえ、それっていつの話？」

「予選リーグのとき」

哲也は右手で頬をこすりながら話した。「そのとき監督は、普通に訊いてきたから、遼介はもっと高いポジションのほうが活きると思いますって、答えたんだ。そしたら、べつに怒るわけでもなく、遼介にもっと高い位置で仕事をさせるためには、誰かがそれを補う必要があるって言われた。そのとき気づいたんだ。チームにおけるポジションというのは、その選手の能力とかだけで決まるわけじゃなくて、チーム全体の問題なんだって。それって、遼介以外の選手にも原因というか、責任があると言われてる気がした。つまりそれは、センターバックを満足にこなせない、おれの問題でもあるんだって……。だからおれ、どこまでやれるかわからないけど、もっとヘディングを練習することに決めたよ」

「ふーん、そんなことがあったのか」

シゲが両腕を組んで身体を揺らした。

「監督はさ、もしかするとおれたちに、もうひとつ上のサッカーをやらせたいのかもしれないぜ。もちろんそれに、おれたちが付き合えるかどうかは別の話だけどな」

星川は冷めた口調で言った。

「やたら熱いかんな、あのオヤジ……」

オッサがぽつりと言うと、同意するように笑いが起こった。

それから話題はチームのキャプテン問題に移った。副キャプテンである星川によれば、遼介が降りたキャプテンについて、草間から自分たちでもう一度話し合うように言われたそうだ。

「おれは、これまでどおり遼介でいいと思う」

星川は話し合う前に、自分の結論を口にした。

「そりゃあ、そうだよ。みんなもおんなじだよな」

哲也は部員を見回して同意を求めた。

「ごもっとも」

オッサが大仰にうなずくと、「頼むぜ、遼介」とシゲが言った。

「そう思います」と後ろのほうで声を上げたのは、輝志だった。

「武井先輩しかいないっすよ」と安原の声が続いた。

遼介は部員たちの視線を浴びながら、今の自分の気持ちを口にした。

「気持ちはすごくありがたい。ただ、おれは監督に認められていないと感じたから、自分からキャプテンを降りたんだ。考えた末に出した結論だから、すまないけど、そう簡単に撤回するつもりはない」

「どうしてだよ、みんなが認めてるし、おまえを必要としてるんだぜ。今日だって、おまえが円陣の掛け声かけなきゃ、盛り上がらねえだろうが」

和樹が口を尖《とが》らせた。

「なあ、いつからそんな頑固な子になったの？」

オッサが言ったので、遼介は「ごく最近かな」と答えて笑った。

その後、話を続けたが、埒《らち》が明かないとみるや、星川が手を挙げて制した。「わかった。この件は、おれが草間監督ともう一度話してみる。だから今日はこれで引き上げるとしよう」

「そうだな。みんな疲れてるし」

遼介はエナメルのバッグを肩にかけて立ち上がった。

試合会場の駐輪場で自転車の鍵《かぎ》を外そうとしているところへ琢磨が現われた。開口一番、「試合、面白かったぜ」と言った。

「それ、どういう意味？」と遼介が応じると、「深い意味はないよ。やっぱり知ってるやつが出てると、応援に力が入るだろ。冷や冷やしたけど、桜ヶ丘中もあんがい抜け目なかったな」と琢磨は笑った。

なかなか自転車の鍵が開かないので苛《いら》つき始めたら、「そういえば、さっき草間先生と少し話をした」と琢磨の声がした。

「なんだって？」

「やる気があるなら、いつでもグラウンドに来いってさ」

「へえー、そうか」

遼介は顔を上げ、琢磨の表情をうかがった。

「じつはおれ、迷ってたんだ。サッカーをもう一度やるのかどうか」

琢磨は鼻の頭を人差し指で掻いた。

「やりたいんだろ?」

遼介はストレートに言ってやった。

「ああ、おまえらを見てたら、なんだか身体がむずむずしてきた」

琢磨は照れくさそうに答えた。

「だったら、やるしかないだろ」

「なんとなくだけど、わかったんだよ」

琢磨は表情を少しだけ硬くした。「おれは、母ちゃんのためにサッカーをやってきたって言ったけど、ほんとは、それがすべてじゃない。おれは、ただ単に自分が楽しいから、サッカーをしてきた気もする。そうなんだよ、きっと」

「遼介、行くぞ」

校門の前で自転車のペダルに足を掛けた和樹が呼んだので、「ああ、ちょっと先に行っててくれ。すぐに追いつくから」と答えた。和樹はうなずいて左手を上げた。

「それとな、もうひとつ大事なことがわかったんだ」

「なんだよ?」

「母ちゃんはさ、必ずしもおれにサッカー選手になってほしかったわけじゃないってこと。

そのことに気づいたんだ」

「それって、どういうこと？」

「これはおれの、なんていうか、勝手な想像なんだけど、でもきっと母ちゃんは、サッカー選手になることよりも、おれに幸せになってほしかったんだと思う。——だからおれ、母ちゃんのためにも、そうなれるよう、がんばる」

　琢磨の瞳に光が宿り、口の端が強く結ばれた。

「そうか。きっと、そうだな」

　遼介はうなずいた。

「まだわかんないけど、たぶんまたサッカーを始めるよ。どこでやるかは、これからよく考える。じつは今日試合を観に来たのも、そのためもあったんだ。峰岸さんを通じて、いくつかのクラブチームから誘いがきてる。練習に参加しないかって話をもらった」

「おまえって失礼なやつだな。うちの監督に、さっき声かけられたって言ったろ。大事なチーム、忘れてんじゃないのか？」

「そうそう、桜ヶ丘中サッカー部も……。ただ、おれが選ぶのは、秋以降も試合に参加できるチームになると思う。おれは、やるならマジで上を目指す」

　琢磨は、自分に言い聞かせるように言った。

「わかってるって。琢磨は、琢磨にとって一番いいと思うチームに入ればいいさ。星川も言ってたしな、おまえには可能性があるって。だから、やめるのはもったいないって。まあ、今のおれの目標は、桜ヶ丘中サッカー部で、一試合でも多くの試合に出ることだから。そのためには試合に勝っていくしかない。おまえはおまえで、自分の選んだチームでがんばれよ」

琢磨はうなずくと言った。「母ちゃんとの約束、果たせるようにがんばるよ。サンキュー、遼介」

「べつにおれは、なにもしてないさ」

自転車の鍵がカチャリと音をたてて開いた。遼介はスタンドを蹴《け》り上げて、サドルにまたがった。

「おい、家まで乗っけてくれよ」

「ダメダメ、二人乗りは禁止。うちの監督は厳しいんだ。見つかったら、また停部になりかねないよ。じゃあなっ」

遼介は片手を上げるとペダルをこぎだした。

「んだよ、つめてぇやつだな」

琢磨の声を背中で聞いた。

試合のあとの身体はひどく重たかったけれど、気持ちは軽かった。舗道の先、赤信号の手前に、エナメルのサッカーバッグを肩から提げた青い一団が見えた。和樹が手を振っている。

「よっしゃー、次は決勝だ！」

遼介は額で風を切りながら、仲間たちを立ちこぎで追いかけた。

夏への扉

「小学生時代と比べたら、たくましくなったかな、あいつらも」

峰岸は生ビールのジョッキの取っ手をしっかりと握った。まだ早い時間だったので、居酒屋「安」には、客は二人だけだった。

「琢磨から話は聞いてるけど、どうなんだ、サッカー部？」

「遼介と巧の停部の話だろ」と木暮は答えた。「巧が試合のハーフタイムに、自分のポジションについて草間監督に不満を表した。止めに入った遼介も、その連帯責任みたいなかたちで、一緒に後半から交代させられた。目上の者に対する話し方や態度が許せなかったこともあるし、サッカーに対する姿勢が、草間さんを怒らせたのかもしれないな。二人は反省文を書くまで停部という処分を受けた。でもあいつら、簡単には反省文を書こうとしなかった。あいつらにも、思うところがあったんだろ」

「それで、二人とも干されてるのか？」

「いや、今日の試合には二人とも出たよ。これでブロックの決勝進出。次を勝てば、いよいよ県大会だ」

「大丈夫なのかよ」

峰岸はたるんだ頬の肉をつまんだ。

「こないだ、草間さんとおれとタクさんで一緒に酒を飲んだ。サッカーの指導を含めていろいろと話し込んだ。こっちにも言いたいこともあったしな。おれやタクさんも言ったけど、あの人からも言われた。自分の甘さも指摘されたよ。たしかにそうだな、と思うこともあった」

「そうか」

「まあ、すごく熱い人なんだよ。それだけはたしかだ」

木暮は口元をゆるめた。

「チームの状態は？」

「悪くない。フォーメーションやポジションが変わっただけじゃなく、これまではあまり感じなかったチームの一体感ていうのかな、そういうものが出てきた気がする」

「でもまた、監督と選手がぶつかるんじゃないのか？」

「たぶんな」

「どうなんだよ、そういうの……」

峰岸は呆《あき》れ顔で小さく舌を打った。

「草間さんは去年体調を悪くして、しばらく入院していたらしい。ずいぶんと悩んだそうだ。サッカー部の顧問をこれからも続けるべきかどうか。ちょうど選手の保護者からの突き上げがあった頃じゃないかな。家族からもサッカー部の監督をやめるよう強く言われたそうだ」

「それなのに、こっちに赴任して、また引き受けちまったってわけか」

「娘さんと約束したそうだ。今度のチームを最後にすると」

「今度のチームって、桜ヶ丘中？」

「そういうことだ」

「それって、指導者を引退するって話だよな」

「酒に酔ったときは、気分よさそうに子供たちのことを話してたよ。ひとりひとりのことを、よく見てると感心した。子供たちの前では、絶対に褒めたりしないくせに」

「要するに、偏屈オヤジなんだな」

「おまえに似てるかも」

木暮はそう言うと、目を細めた。

峰岸は大きく舌を打ち、「なにかあったら、助けてやれよ」と言った。

「そうだな。でもあいつらは、もう十五歳。自分たちで乗り越えることも大事だろ。もしかしたら草間監督は、あいつらにとってでっかい壁なのかもしれない。だから当分は、見守ることにするよ」

「それで、今日のゲームの内容はどうだったんだ？」

桜ヶ丘FCの六年生の試合と重なって、観戦に来られなかった峰岸は言った。

「傑作だったよ。おれがあいつらにクライフ時代のオランダの4－3－3を試したことがあるんだけど、草間さんは変則的だったけど、ベッケンバウアー時代の西ドイツできやがった。センターバックに起用した遼介を、リベロにしちまった。まあ、それだけ、草間さんはあいつを信頼してるって証拠だろうな」

木暮は愉快そうに笑った。

「遼介のやつ、まだディフェンダーをやってんのかよ」

「おれもそこが心配なんだ。チームがあいつに頼りすぎてる気がする」

ブロック予選の決勝進出を決めた桜ヶ丘中の試合の話が終わる頃、二人はビールを焼酎《しょうちゅう》に切り替えた。

「そういえば、おまえんとこの琢磨、今日試合を観に来てたな」

「ああ、ようやく立ち直りの兆しが見えてきた。最近はよくメシを食うようになったし、走り込みを始めたみたいだ。あいつの話を知り合いのコーチ仲間にしたら、ジュニアユースのクラブからいくつか打診があった。そのことを話すと興味を持ったみたいだ。

ちょっと前に小学生の練習のあとで、あいつがシュートを打つのを見たけど、やっぱりいいもの持ってるよ。本気でやれば、サッカーの特待生として高校に進める可能性も充分あるはずだ。できれば、全寮制の高校があいつのためかもしれない。そのためには、ここでのチーム選びは大切になる」

峰岸はいつになく真剣な顔付きになった。

「なるほどな。で、どこなんだ、琢磨が入ろうってチームは？」

「まだ決めてない。ただし、名前の通っているクラブチームになるはずだ。ユースクラブや高校とのコネクションを、それなりに持っているところがいいだろう。キッカーズも選択肢のひとつだ」

「遼介たちと一緒に、やらせてみたかったな」

木暮は本音を口にして、焼酎を啜《すす》った。

「もちろん最初はおれもそう思ったさ。それが一番自然なんじゃないかって。あいつは昔一緒にサッカーをやった仲間がいるから、ここへもどってきたわけだしな。あいつには、心の整理をする場所こそが必要だった。

そうは言っても、部活は夏の総体が終われば、三年生は実質練習や試合には参加できなくなる。だとすれば、やっぱりクラブチームのほうが、あいつのためになるような気がする。もちろん、最後は琢磨自身が決めることだけどな」

峰岸の言葉に、木暮は黙ってうなずいてみせた。

朝、登校した遼介は、下駄箱《げたばこ》の上履きの中に、それを見つけた。最初はゴミかと思ったが、よく見れば折りたたまれた淡いブルーの便箋《びんせん》だった。なにげなく手に取って開くと、――昼休みに、桜坂に来てください、とだけ書かれていた。いかにも女子の書いた丸文字の終わりには、へたくそなサッカーボールの手描きのイラストが添えられていた。

遼介は周囲を見まわしてから、手紙をポケットに忍ばせ、踵《かかと》のすり切れた上履きに二五・五センチの足を突っ込んだ。

いくら鈍いと仲間から言われる遼介でも、それがなにを意味するかわかった。今日は自分の十五歳の誕生日。桜坂は、この学校の生徒のあいだでは、恋の告白の場所とされている。桜坂で告白すると共に誕生日プレゼントを渡したい、というメッセージと受け取った。

――いったい、誰だろう。

差出人の名前は書かれていなかった。自分の誕生日を知る者としか、手がかりはなさそうだ。

――矢野美咲だろうか。

最初にその名前が浮かんだのは、あるいは期待だったのかもしれない。

中学一年生のとき、美咲から夏祭りに一緒に行かないかと誘われた。突然、葉子と一緒に自宅を訪問してきたので、遼介は慌てた。そのときはサッカー部の仲間と一緒に行くからと、遼介は断った。その後も好意を寄せられている気がした。このあいだの停部中にも、おにぎりの差し入れを二度もしてくれた。そうは言っても、好きだとか、付き合ってほしいとか、言われたことは一度もない。

――でも、待てよ。

これは自分の早合点かもしれない。

遼介はへたくそなサッカーボールの絵に注目した。どう見てもへたすぎる。それにこの丸文字もわざとらしい気がした。

――これはイタズラじゃないか。

疑心に駆られた。

だいたい名前も書かずに昼休みに桜坂に来い、なんておかしい。

頭の中で想像を巡らすと、のこのこと桜坂に出向いた自分が、オッサをはじめとしたサッカー部の連中に笑いものにされている場面が浮かんだ。あいつらなら自分の誕生日を知っていても、不思議ではない。キャプテンを断った腹いせに、企《たくら》んだのかもしれない。

――たぶんそうだ。

授業が始まると、遼介は念のため美咲の様子を気にかけた。特に変わった様子はない。

隣の席の琢磨が、何度も話しかけていた。妙に馴《な》れ馴れしいその態度がしゃくに障ったが、尾崎も同じように美咲にちょっかいを出していた。

給食が終わり、いつものように昼休みになった。尾崎が髪の毛を気にしながら、そそくさと教室を出て行った。どこか締まりのない顔をしていたが、まあ、それはいつものことだ。廊下の様子をうかがっていると、尾崎のあとを追うように、シゲや沢村やアッシが階段のほうへ急いだ。アッシが一瞬こちらを見て、口に手をあてて笑いをこらえる仕草をした。

――まちがいない。

疑いは、確信に変わった。

危ない、危ない。やっぱりこれは罠《わな》だ。遼介は決めつけた。

昼休みの教室では、いつものように生徒たちがいくつかのグループに分かれて話をしていた。葉子と美咲の姿は見当たらなかった。

遼介はカバンからサッカー日誌を取り出すと、○印を並べて、チームのフォーメーションを考え始めた。今週末に、県大会出場を賭《か》けた大事な対FCコスモス戦を控えている。草間はどのようなフォーメーションで試合に臨むつもりなのか。ポジションの変更はあるのか。考えれば考えるほど、興味は尽きなかった。

昼休みが終わる頃、にやにやしながら尾崎が教室にもどって来た。「あれ、遼介、ここにいたんだ」と言われた。

「えっ？」

遼介はノートから顔を上げたが、午後の始業のチャイムが鳴ったので、そのまま会話は途切れた。

放課後、教室を出て部活に行こうとしたとき、廊下で腕を組んだ葉子が立ちはだかった。

「なんだよ？」

「どうして来なかったのー」

語尾を伸ばしてにらまれた。

「なにが？」

「昼休みに、桜坂に来るように手紙に書いてあったでしょ。サッカー部を応援しようと思って、美咲と私で三年生全員のミサンガを用意したのに。キャプテンのあんたが来ないで、どうすんのよ」

「そんなこと言われても……」

「まったくもう！　謝ってよ、美咲に」

「これから部活だから」

「だいたいあんた、学校の外では美咲にやさしくしといて、そういうの、ずるいんじゃない？」

「なんのことだよ？」

「とぼけちゃって、小学校のグラウンドで二人で会ってたくせに」

葉子は頬を赤くして怒った。

「関係ねぇよ」

遼介は語気を強めた。

「とにかく、あの子、桜坂で待ってるからね」

葉子は早口で言うと、唇を尖《とが》らせて行ってしまった。

——なんなんだよ。勝手なやつらだな……。

遼介は思いながらも、部室で練習着に着替え、桜坂に足を向けた。

下校する生徒はあらかた帰ったようで、緑の濃くなった桜並木の坂道を歩いている生徒の姿はなかった。坂道の途中の石垣の下に、桜の木を見上げている美咲がいた。梅雨も明けていないのに、気の早い蟬がもう鳴きだしていた。

遼介のスパイクの突起がアスファルトを打つ音に気づいたのか、美咲は振り向くと、無理して微笑んだような顔をした。

「昼休みは、ごめん」

素直に遼介が謝ると、「いいの、いいの」と小さく手を振った。

自分たちを冷やかすように、蟬が頭上でやかましく鳴いていた。

「イタズラだと思ったんだよ、サッカー部の連中の」

「イタズラ？　ふーん、わりと疑い深いんだね」

美咲に笑われた。

「それにあのサッカーボールの絵、どう見ても不自然だったから」

「え、あのイラスト、私が描いたんだけど」

その言葉に、今度は遼介が頰をゆるめた。

「そういえばさ、最初に会ったのも、ちょうどこのあたりだったよね。一年生のとき……」

「ええと、ボールを拾ってもらったとき」

「そうそう。覚えてる？」

「うん」

「早いよね。もう、来年卒業なんて」

美咲は薄い唇をきゅっと結ぶと言った。「サッカー、がんばってね。応援してるから。これ、サッカー部のみんなにも渡したの」

遼介は小さなピンク色の紙包みを受け取った。

「ありがとう」

「それから、これはちょっと恥ずかしいんだけど、もし使えたら……」

た。

「なにコレ？」

「いいの、あとで見て」

美咲の手からもうひとつの紙包みを受け取ったとき、石垣の上から不意に声が降ってき
「いいよなー、遼介は……」

聞き覚えのある声だった。

「昼休みに来なかったくせに、ふたつもプレゼントもらっちゃって」

遼介は顔を上げて首を振ったが、鳴き続ける蟬と同じように姿は見えない。

「『遼介君、あとで見てね』、だってさ」

身もだえるように言うオッサの声が響くと、げらげらと、いくつもの笑い声が起きて、
鋭い指笛が鳴らされた。サッカー部の連中にまちがいなかった。

――なんなんだよ、こいつら……。

遼介は舌を打った。

「私、いくね」

美咲はあとずさるようにしてから駆けだした。

「サンキュー！」

遼介は、美咲の背中に声をかけた。

「あ、忘れてた」

美咲は急停止して振り返ると、一瞬躊躇《ちゅうちょ》してから言った。「誕生日、おめでとう」

遼介があっけにとられていると、「く―っ、妬《や》けるぜっ！　ハッピーバースデー、遼介！」

オッサが大声で叫んだ。

一段高くなったグラウンドの生け垣に、サッカー部員のにやけた顔が並んでいた。三年生だけでなく、輝志や安原の顔まであった。


その日、練習が終わると、美咲からもらったものを見せろと、尾崎にしつこく迫られた。

「おまえがもらったのと、同じだよ」

そう言って遼介は拒んだが、尾崎はあきらめなかった。

しかたなく、ひとつ目の包みを開けて見せた。ブルーとオレンジと黒の三色の紐《ひも》で編み込まれたミサンガが出てきた。どうやら手作りらしい。

「デザインが少しちがうけど、まあ、基本的にはおれらがもらったのと同じだ。でも、もうひとつ、もらってたよな」

「しつこいな、余ったのを預かっただけだよ」

そう言ったが、尾崎は引かない。

「おまえさ、そういうしつこさを、もっと試合で出したら」

遼介が思わず口を滑らすと、尾崎はむっとした。

しかたなく遼介は、もうひとつの袋も取り出した。紙包みは最初の袋より、かなりふっくらしていた。シールを剝《は》がして開けてみると、七センチ幅くらいの少し厚めの白い布地が出てきた。布地は伸び縮みする素材でできていた。裏返すと、桜の花を模《かたど》ったピンク色の刺繡《ししゅう》と、青い文字の縫い込みがあった。Enjoy《エンジョイ》 Football《フットボール》 Ryosuke《リョウスケ》。

「あー、これって！」

尾崎は声を上げ、両手で頭を抱え込んだ。

オッサは太陽に透かすように、両手で高く掲げた。

「見ろよ、手作りだ！」

「すげーっ、名前まで縫い込まれてる」

アッシは、ぽかんと口を開いた。

「ちくしょー、やられた。悔しいけど、こいつはもらえない」

尾崎はうなだれたあと、突然グラウンドに向かってダッシュして、あっという間に小さくなった。

「キャプテンマーク、古くなってたから、ちょうどよかったじゃん」

少し離れた場所にいた星川が、めずらしくにやついた顔をして声をかけてきた。

水曜日の放課後、遼介と星川は部活の練習を休んでトレセンの練習会に出席した。トレセンのメンバーの顔ぶれが、少し変わっていた。どうやら新しく選ばれた選手が入ったようだ。クラブチームに所属する者が増えたせいか、鮮やかな練習着が目立つようになった。コーチの話では、今後も選手の入れ替えを行っていくとのことだった。

春に開かれた保護者向けのトレセン説明会には、綾子が出席した。その際、三年生の活動は十二月の遠征大会までとの周知がなされた。例年、夏が終わるとトレセンの練習会の出席率が悪くなると、協会の技術部長が話していたという。技術部長は受験を迎える最高学年の親に向かって、トレセンの活動への理解と協力を求めたらしい。

「来週だよな」

練習後、富士見一中の藪崎健二《けんじ》に声をかけられた。

「一中も決勝？」

遼介が訊《き》くと、「もちろん」と言われた。富士見一中も、青葉市ユースU-15サッカー選手権の決勝トーナメント、Cブロックで決勝戦に駒を進めたとのことだった。

「しかし、キッカーズが負けるとはな。あいつら、かなりショックなんじゃねえの」

藪崎はしゃくれた顎《あご》を振った。もうすぐナイターの照明が落ちるグラウンドのベンチで、キッカーズの黒田と宮澤は、そそくさと帰り支度をしていた。キッカーズがFCコスモスに敗れたというニュースは、トレセンでも話題になった。

「コスモス、つえーらしいな」

「まあ、キッカーズに勝つわけだからね」

「ディフェンスが堅いんか？」

「どうかな」

「二年のフォワードが、けっこうやるらしいな」

「そうかもしれない」

遼介は曖昧《あいまい》に相づちを打った。

「ケンジのとこは、対戦相手どこ？」

着替えをすませた星川が訊いた。

「おれら？　おれらも決勝の相手はクラブチーム。アレグリアFC」

「勝算は？」

「厳しいな。たぶん、やられる……」

「なんだよ、ずいぶんと弱気じゃん」

「アレグリアFCは、準決勝で稲荷塚中に5－0だぞ。マジはんぱねーよ」

藪崎は顔をしかめた。

「稲荷塚中?」

「そうだよ。あそこだって、サッカー部としては弱かねえーぞ」

「うちの監督が去年までいた学校だ」

「そういやあ、今度の桜ヶ丘中の監督、うちのコーチより強烈らしいな」

「かもな」

遼介が苦笑すると、「うはっ、そいつはまいるべ!」と藪崎はやたらうれしそうな顔をした。

隣に座った星川が「へっ」と顔をしかめた。

草間の噂話を三人でしていると、めずらしくトレセンコーチの山内が話の輪に加わってきた。中学校で教員をしている山内は二〇代後半と若く、話もしやすかった。

「おまえら、草間さんの悪口言ってるようだけど、あの人、あれでかなりの目利きなんだぞ」

どこか兄貴のようなタイプの指導者は言った。

山内の話によれば、草間は自分が顧問をしているサッカー部以外の中学年代の試合を、かなりの数観戦しているということだった。主な目的は、対戦相手のスカウティングだが、ときには試合観戦中に見つけた選手をトレセンに推薦してくるという。草間自身、昔はトレセンのヘッドコーチをしていたと聞かされた。

山内は地元出身の元Jリーガーの名前をなにげなく口にして、「彼も草間さんが見つけてきて、指導してたんだぞ」と付け加えた。

「そうなんですか」

遼介が驚くと、山内に笑われた。

「なに言ってんだ、おまえもそうだったじゃないか」

「えっ？」

驚いて訊き返すと、「聞いてないのか？」と山内は目をまるくした。

「武井が一年のときだから、一昨年《おととし》だな。草間さんから電話があった。『今日、新人戦で対戦した学校に面白いのが二人いたぞ』ってな。どこの学校の生徒ですか、と訊《たず》ねたら、『桜ヶ丘中』とだけ言われた。名前を訊こうとしたが、いつものことで、『自分の目で確かめろ』と冷たく言われた。そのとき草間さんは一年生だ、と最後に教えてくれた。それで興味をもって、桜ヶ丘中のサッカー部の先生に照会をしたんだ。一度見てみたいとね」

「へえ、そんなことってあるんですか？」

口を挟んだ藪崎に、山内はうなずいた。

「がんばっているやつのことは、どこかで誰かが見てくれているもんだ。ひとりは、武井、おまえだよ。もうひとりは、たしかフォワードの選手が来たよな？」

「星川？」

「いや、おれはそんときは、まだ入部してない」

「じゃあ、尾崎ですね」遼介が答えた。

「そうだったかな。ただ、草間さんの言った選手とは、どうやらちがったようだな」

山内の言葉に、遼介と星川は顔を見合わせた。

――知らなかった。

自分をトレセンに推薦してくれたのは、あの人だったとは……。

そして、もうひとりが尾崎ではなかったとすれば……、もしかしたらそれは、青山巧だったのではないか。そう思えた。

「草間さんは、おまえらが言うように、たしかに口やかましい監督だよ。それは否定しない。でもな、真剣なんだよ。それはまちがいない。良いか悪いかは別として、家族との時間まで犠牲にして、サッカーの指導をずっと続けている。なぜだかわかるか？」

山内の問いかけに、遼介たちは答えられなかった。

「今、あの人が、がんばってるのは、中学サッカーの部活の火を消したくないからだ。おれはそう理解してる。サッカー部に人一倍強い思い入れがあるからな。

もちろん人間だから、短所もあるさ。おれだって、草間さん、それはちょっと言い過ぎじゃないですか、と言いたくなることもある。でもおれは、あの人を認めてる。これまでいろんなことを、あの人から盗ませてもらった。サッカーをやっていると、負けることで多くのことを学ぶ。でも、勝つことでしか学べないこともあるんだぞって、よく言われたよ。常に勝ちにこだわれ、とね。

そのくせ、チームや選手のためなら、勝負にこだわらず、思い切った采配《さいはい》を振る。その真意がわかるのは、あとになってからかもしれない。おれもまだまだ草間さんから、学ばせてもらってるところだよ」

トレセンのメンバーたちがグラウンドからぞろぞろと帰り始めた。何人かが山内に挨拶《あいさつ》の声をかけて、横を通り過ぎていった。

「だから武井も、もっと自分のいいところをトレセンで積極的にアピールしろよ。学校のサッカー部だけじゃなく、どこでプレーしても力を発揮できるようになれ。せっかくもらったチャンスなんだぞ」

山内は話が終わると、照明を落としたグラウンドのほうへ歩いて行った。

「おい、お母さん、迎えに来たみたいだぜ」

星川の声で我に返った。

遼介はサッカーバッグをつかんだけれど、なぜだか身体に力が入らなかった。草間が桜ヶ丘中サッカー部の監督になる以前から、自分をそんなふうに見ていてくれたとは……。信じられなかった。

もしかすると自分は、なにか大切なものを見落としていたのかもしれない。そんな気がした。

青葉市ユースU－15サッカー選手権・県大会進出を賭《か》けた試合の前日、遼介は草間に呼びだされた。放課後、ノックをして職員室に入ると、デスクに座っている草間を見つけた。白いワイシャツの背中にランニングシャツが透けていた。小刻みに揺れているように見えるのは、嗄《か》れた咳《せき》をしていたからだった。

「ちわっす」と言って頭を下げ、遼介はデスクの横に立った。

草間は口にこぶしをあてたまま、じろりと黄色い眼を向けてきた。

「鮫島は、その後どうしてる？」

低い声で訊《き》かれた。

「自分で走り込みをしたり、トレーニングを始めたようです」

「サッカーをやる気になった、というわけか」

「だと思います」

直立不動で答えると、草間は眉間《みけん》に皺《しわ》を寄せ、一枚の紙を差し出した。

「これは？」

草間は両腕を組んで答えた。「明日の試合のスタメンの予定とフォーメーションだ。選手に伝えるのは、明日のほうがよかろう。試合前に、おまえから発表してくれ。もし、なにかあれば意見は聞く。ただ、最終判断は監督のおれがくだす。あたりまえの話だけどな」

遼介は戸惑いつつ、「ありがとうございます！」と返事をした。声が大きくなったので、何人かの教師が振り返った。

「職員室では、声は抑えろ」

草間ににらまれた。

「はい」

今度は小さく答えた。

「明日は、かなりタフな試合になるだろう。予選といえども、決勝というのは精神的に強いチームが必ず有利になる。そういう意味では平常心で戦えるかどうか――。今日の練習はおまえに任せた。練習が終わったら、呼びに来い」

草間は厚手の湯飲み茶碗《ぢゃわん》に手を伸ばした。

遼介はトレセンの山内から聞いた話を確かめてみたくなった。事実なら、感謝の気持ちを伝えたかった。

「なんだ？　なにか言いたいことでも、あるのか？」

「いえっ」

「じゃあ、ぼさっとしてないで、さっさと練習に行かんか」

草間はハエでも追い払うように、鼻先で手の甲を振った。

遼介は頭を下げ、草間のデスクから離れて職員室をあとにした。

なぜだか口元がゆるんでしかたなかった。草間の態度は少しも変わっていないはずなのに、今までとはちがう感情が芽吹いた。

遼介は廊下を歩きながら、受け取ったプリントを開いてみた。二十五名の登録メンバーの名前の前に、十一個の○印が付けられていた。それが先発メンバーの印だとわかった。

自分の名前の前に○印があった。巧の名前にもあった。走り書きのようなフォーメーションの図面には、十一個のいびつな○が並んでいた。センターバックの位置に、尾崎と自分の名前があった。フォーメーションはオーソドックスな4－4－2。

「やっぱり、センターバックか」

ひとりつぶやいてみた。

でも、あきらめというのとはちがう。失望ともちがう。

今はサッカーのピッチに立てること、それだけで感謝の気持ちがわいた。仲間とサッカーができるということ。それだけでうれしかった。

その日、星川良は練習から家に帰ると、アパートの部屋に灯《あか》りがついていないことに気づいた。遼介に続いて哲也が始めたノコレンに、みんなで付き合ったので、いつもなら母の香織がとっくに帰っている時間だった。

ひんやりとしたドアノブを握ると、鍵《かぎ》が掛かっていない。不審に思って中に入ると、室内は真っ暗だった。なにやら嫌な臭いがする。

星川の脳裏に忌まわしい記憶が浮かんだ。一瞬、自分が暗い森に迷い込んだような錯覚を覚えた。

――母さん。

星川は肩から滑らすようにサッカーバッグを落とし、慌ててトレシューを脱いだ。見えない樹木の枝を掻《か》き分けるようにして、手探りで照明のスイッチを入れた。居間に香織の姿はなかった。その先にある洋室のドアを勢いよく開けると、暗がりのベッドに香織が横たわっていた。ぐったりとして、動かない。

「どうした、母さん！」

思わず叫んだ。

そばに寄って細い肩を揺らす。

指輪をしていない左手が、ぴくりと動いた。白いブラウスを通して、微《かす》かなぬくもりを感じた。

——生きてる。

全身から、力が抜けた。

暗い道を駆け抜けてきたように、動悸《どうき》がした。

「あぁ、おかえり……」

香織は目を瞑《つぶ》ったまま弱々しい声を発した。瞼《まぶた》の裏側で眼球が微かに動くのがわかった。

「どうしたんだよ、電気もつけないで。びっくりするじゃないか」

手を握ったまま、うなだれてため息をついた。

「ごめんね、ちょっと疲れちゃって」

香織の頬には、乾いた涙の筋が二本残っていた。また、泣いてたんだなと思った。仕事と母親の介護で最近の香織は疲れ切っていた。祖母は認知症が進み、自分の娘さえよくわからなくなってきているらしく、そのことが辛《つら》いのだろう。

「お腹減ったでしょ。なにかすぐつくろうね」

香織はゆっくりと乱れた髪をもたげ、首をまわした。

「なんだか、焦げ臭いよ」

「そうだった――。肉じゃがをつくろうとして、焦がしちゃったんだ」

香織は立とうとして、ふらついた。

「いいよ、夕飯なんて」

「そうはいかないでしょ。今日もサッカーの練習だったんでしょ。調子はどう？」

「まあ、普通かな」

「そう。それはよかった」

「なんでだよ、普通でいいのかよ？」

ムキになって言うと、「普通が一番じゃない」と香織は言った。その言葉が自分たちの暮らしを象徴しているようで、胸を突いた。

「――おばあちゃん、どうなの？」

「うん。今日は落ち着いてたほうかな。でもね、もうすぐ自分だけでは、ご飯が食べられなくなるの」

「じゃあ、どうなるの？」

「まだわからない」

香織は言葉を濁した。

「母さん、今日はおれがメシつくるよ」

「え、良が？」

「って言っても、冷凍のピラフとかだけど、それでもいい？」

「大丈夫なの？」

「ああ、まかしてよ。いつもやってんだから」

香織はこめかみを押さえながら、ダイニングキッチンのテーブルへのろのろと移った。

「ねえ、母さん、今度おれも、一緒におばあちゃんのところへ行くよ」

「だって、サッカーがあるでしょ？」

「大丈夫だよ、一日くらい」

息子の言葉に、香織はほんの少しだけ口元をゆるめた。

「それからさ、明日、試合を観に来れないかな。県大会を賭《か》けたトーナメントの決勝戦。おれのチーム、結構いい感じになってきてるんだ」

香織は一瞬驚いた顔をしたが、すぐにやさしく笑ってみせた。


郊外にある人工芝の球技場に到着した桜ヶ丘中サッカー部員たちは、ブルーシートを広げて荷物置き場を確保した。この日、同じ会場で青葉市ユースU－15サッカー選手権の五ブロックすべての決勝戦が行なわれる。Dブロック決勝・桜ヶ丘中対FCコスモス戦は、第三試合。入り口ゲートには、すでに終わっている第一試合の速報が掲示されていた。

Ｃブロック決勝、藪崎健二がキャプテンを務める富士見一中は、１対４でアレグリアＦＣに敗れていた。

巧の話では、五ブロックの中で決勝に残ったのは、中体連のサッカー部は四チーム。残る六チームはジュニアユースのクラブチーム。大会参加数ではサッカー部が圧倒的に多いのに、上位にはクラブチームの進出が目立った。

「当然と言えば、当然の結果だろうけどね」

巧は訳知り顔で言った。

ウオーミングアップ前、ベンチ入りメンバーが集合して、対ＦＣコスモス戦のスタメン発表のタイミングになった。遼介は、草間にうながされてメンバーの前に立ち、「Ｄブロック決勝戦、スターティング・イレブンを発表します」と告げた。部員たちは緊張の面持ちで、遼介の次の言葉を待った。これまでとはちがうスタメンの発表の仕方に、視線を泳がせる者もいた。

「ゴールキーパー、オッサ」

「まかせなさい！」

「センターバック、尾崎、武井」

「おっす」

「左サイドバック、甲斐」

「……はい」

「右サイドバック、巧」

名前を呼んだとき、遼介は巧と視線が合った。巧は「ういっす」となにげなく返事をしたが、その眼には期するものがあった。

遼介はスタメンの発表を続けた。中盤は右から、アッシ、輝志、シゲ、和樹。ツートップは、星川、沢村。この決勝戦では、二年生以下で先発に入ったのは輝志ただひとり。ここへきて三年生が、下級生からスタメンを奪い返すかたちになった。

試合会場には、たくさんの観戦者が詰めかけていた。イエローのタオルを首にかけた、FCコスモスのサポーターらしき人の姿が目立った。

桜ヶ丘中ベンチサイドには、選手たちの保護者がすでに集まっていた。父母会の手により、「一蹴入魂　桜ヶ丘中FC」の横断幕が久しぶりにネットフェンスに掲げられていた。

遼介の家からは、綾子と耕介の姿があった。近くには哲也やオッサやシゲの家族もいた。めずらしく、星川の母親の姿もあった。横断幕から少し離れた場所に、美咲がいて、すぐそばで葉子が尾崎に向かって手を振っていた。

遼介たちはピッチに入ってアップを始めた。グラウンダーのボールを蹴《け》りながら、人工芝のボールの走り方を確かめた。少し身体を動かしただけで、首筋にじわりと汗が浮いてくる。太陽は、今は雲に隠れていたが、気温は確実に上昇してきた。喉《のど》がすぐ渇くのは、暑さのせいか、あるいは緊張のせいなのか——。

「遼介！」

ウオーミングアップの途中で声をかけられた。

ピッチサイドにTシャツ姿の琢磨が立っていた。

「おう」と応じたら、琢磨はピッチの中に入ってきた。

「おれ、決めたから」

「なにが？」

遼介は足のストレッチをしながら訊《き》いた。

「おれ、やっぱサッカー続けるよ」

「そうか」

「この試合に勝ったら、サッカー部に入る」

「サッカー部？」

「ああ、桜ヶ丘中サッカー部。やっぱりおれ、おまえらと一緒にサッカーやりてえし。なんだかそれが、自分にとっての幸せのような気がする」

琢磨はにっこり笑った。

「マジで？　いいのか、ホントに？」

「決めたんだ。だからこの試合、絶対勝てよ！」

琢磨は怒ったような顔で言うと、ピッチの外へ出ていった。

「勝手なやつ……」

遼介は笑いをこらえながら、つぶやいた。

琢磨はぽつんとひとりで立っている峰岸のほうへ向かった。

「先日の片瀬中との準決勝に勝ち、今日こうして予選トーナメント決勝の日を迎えた。しかし、まだおまえらは、なにも手にしちゃいない」

試合開始前、選手たちの前に立った草間は、そう切り出した。「今日勝てば、県大会出場。勝つと負けるとでは大ちがいだ。要するに、ここからが本当の勝負だ。いわばおまえらは、これまで覗《のぞ》いたことのない世界の扉の前に立ったわけだ。大げさに聞こえるかもしれないが、それがおまえらの現実だ。

今日の対戦相手は、ジュニアユースのクラブチーム。セレクションによって選手を集めたエリート集団だ。それに比べておまえらは、中学校のサッカー部。間引きもされずに育った、いわばそこらへんの地面に生えている雑草と一緒だ。とはいえ、お互い同じ中学生。つべこべ言っても始まらない。おまえらには、おまえらの誇りとやらがあるなら、その雑草魂をこのピッチで見せてみろ。

いいか、まずは最初の十分に集中しろ。今日は引かずに攻めるぞ。いいな！」

「はいっ！」

思いがけずひとつにまとまった声がピッチにこだました。

審判の合図で、本部テント前で試合前のメンバーチェックが始まった。両チームの選手たちが、ぞろぞろと集まりだした。

遼介がストッキングの下のスネあての位置を直し、ボトルの水を口に含んでベンチを離れようとしたとき、「おい！」と野太い声に呼び止められた。

振り返ると、パイプ椅子に腰かけた草間がこちらをにらんでいた。

「武井、忘れ物だ」

草間の手には、部室の備品入れに仕舞ったはずの、美咲からもらった白いキャプテンマークが握られていた。

思わず、「えっ？」と声が出た。

「星川から話は聞いた。このチームのキャプテンにふさわしいのは、おまえしかいないそうだ。それが部員の総意らしい。ほら、受け取れよ」

草間は目尻《めじり》に集めた皺《しわ》を隠すように濃いサングラスをかけた。

立ち尽くしている遼介に草間は続けた。「それで、おれもいいと思う。――いいか、よく考えてみろ。このおれが信用してもいない者に、チームのセンターバックを任せたりすると思うか。いいからさっさとこいつを、その腕に巻け！」

遼介は黙ってうなずくと、武骨な手からキャプテンマークを受け取った。

そのやりとりを近くで和樹が見ていた。

「おい、和樹！」

草間は立ちあがって怒鳴った。弾みでパイプ椅子がドミノ倒しのように、バタバタと後ろに倒れた。控えの選手たちが、慌てて椅子を押さえた。

「へっ？」

「へっ、じゃねえーだろ。パンツの中に、ちゃんとシャツを入れろ！　さもなきゃ、出さねえぞ！」

「すんません、監督」

和樹は、頭を掻《か》きながら身だしなみを整えた。

「いいか、最初の十分だぞ。集中してけっ！」

いつもの草間のだみ声がグラウンドに響いた。

木暮とタクさんを見ると、二人は同時にうなずいた。顔には、穏やかな笑みが浮かんでいた。遼介はそのふたつの笑顔に向かって、うなずき返した。

審判団を挟んで、ベンチに向かって横一列に整列したブルー、そして派手なイエロー。

主審の合図で一斉にお辞儀をし、遼介を先頭に桜ヶ丘中の選手が歩きながら、審判、そして対戦相手のＦＣコスモスの選手たちと握手を交わしていく。観戦者から拍手と激励の声が飛んだ。

「両チーム、キャプテン」

主審に呼ばれて、左腕に白いキャプテンマークを巻いた遼介は、エンドを決めるコイントスに向かった。チームメイトたちは、その背番号10番を見送った。

審判、そしてキャプテン同士で握手を交わし、主審がコインの表裏を示す。遼介が示されたのは表の八咫烏《やたがらす》の絵柄。三本足のＪＦＡのシンボルマーク。主審がコインを空中に放り投げ、人工芝の上に落とす。陽光にきらめいたのは、八咫烏。太陽の位置と風向きを確認してから、遼介はエンドを決めた。

「それでは、ＦＣコスモスボールでのキックオフで試合を始めます。お互いにフェアーでよい試合を」

主審が笑顔で言うと、もう一度、キャプテン同士で握手をした。

足元のロングパイルの人工芝の葉先は、まるで朝露で濡《ぬ》れているようにキラキラと光っていた。顔を上げ、鮮やかなグリーンのピッチに目をやると、すでにチームメイトたちが円陣をつくっていた。

遼介は風に運ばれてくる心地よい声援を耳にしながら、小走りでブルーのユニフォームの輪に向かった。仲間たちは、遼介の入る場所を空けて待っていてくれた。

チームメイトと身体を寄せて、がっちりと肩を組む。自然と背中がまるまって、一緒に戦う十一人で顔を見合わせる。どの顔も日に焼け、頼もしい面構えをしていた。

「遼介、そのキャプテンマーク、似合ってるぜ」

わざとらしくオッサが言った。

「思いっきり叫ぼうぜ！」

和樹は遊園地に入場したばかりの子供のような笑顔だった。

「相手は、キッカーズに勝ったコスモスだからな。気合い入れてくぞっ！」

巧の声がいつもより高くなる。

「ここで勝って、夏の総体に弾みをつけようぜ」

シゲは太い眉《まゆ》を吊《つ》り上げた。

「しつこくプレスにいきましょう！」

輝志の声が微かに震えた。

星川は瞼《まぶた》を閉じて、精神を集中させていた。

口々に言葉をかけ合い、自分がひとりではないことを確かめ合った。

「いいか、おれたちのサッカーをやろう。おれたちのサッカーをやって、勝つんだ！」

遼介は最後に、チームメイトに伝えた。

「エンジョーーイ！」

「フットボーール！」

遼介のいつもの掛け声に仲間の声が重なり、ブルーの円陣が波打った。今このとき、このチームメイトで戦える喜びを噛《か》みしめながら、十一人はそれぞれのポジションへと散っていった。

高くラインを上げたポジションに着くと、白いセンターサークルの中心にセットされたボールの前に、敵の二人のフォワードが見えた。ひとりはスパイクの片足をボールに載せ、もうひとりは背後の味方のポジションを気にしている。

主審がホイッスルを片手に、両チームのゴールキーパー、両サイドのタッチライン沿いに立つ副審に、準備ができているか合図を送った。

ピッチに映る雲の影がゆっくりと動きだし、ユニフォームから露出した肌を、太陽がチリチリと灼《や》いた。正面にある白い額縁のようなゴールポストの上に、そこから抜け出してきたような夏の到来を告げる積乱雲が浮かんでいた。

遼介は、ゆっくりと深呼吸をした。

そして、頬に柔らかな風を感じながら、やがてキックオフのホイッスルが鳴る、その瞬《と》間《き》を静かに待った。

解説

小野　剛（中国スーパーリーグ・杭州緑城　ヘッドコーチ）

私が「サッカーボーイズ」シリーズと出合ったのは二〇〇七年のことです。当時、JFA（日本サッカー協会）に在籍していたのですが、取材に来てくださった著者のはらだみずきさんから「こんな本を書いています」と、シリーズ第一弾の『サッカーボーイズ　再会のグラウンド』を贈っていただいたのがきっかけでした。

ただ大変申し訳ないことに、すぐに読んだわけではなく、しばらくしてから「感想をお伝えしなくては」とページをめくったんです。大変失礼な話ですが、さほど期待せずに読み進むうち、物語のなかにグッと入り込んで、気がついたら涙があふれて……。読書が好きでいろんなジャンルの本を読みますが、あんな感覚になったのは初めてで自分でも驚きました。それ以降、『サッカーボーイズ　13歳　雨上がりのグラウンド』『サッカーボーイズ　14歳　蝉時雨《せみしぐれ》のグラウンド』、そして本書『サッカーボーイズ　15歳　約束のグラウンド』『サッカーボーイズ　卒業　ラストゲーム』と楽しく読ませていただいています。

ジュニアサッカークラブ・桜ヶ丘FCに所属する小学生の武井遼介が、サッカーを通じて仲間との絆《きずな》を深め、人間としても成長していくこの物語。サッカーを題材にした小説は数あれど、ワールドカップやチャンピオンズリーグといった大舞台ではなく、日常に根ざした少年たちの世界を描いているのが本シリーズ最大の魅力だと思います。

まず感心するのは、はらださんが学校の部活動とクラブチームのことをよく勉強されて描いている点。現場に足を踏み入れないとわからないことがたくさんありますが、きっと丁寧に取材して書かれているのでしょう。非常にわかりやすく、かつ面白い。部活動とクラブはそれぞれに良さがあり、どちらに所属するかは迷いどころで、この小説のなかでもテーマのひとつとして掲げられていますが、見方を変えると、この対比は日本でしか描けないものなんです。現在の日本代表を見てみても、Jクラブで育ってきた人、クラブチームに所属している人、ずっと部活動をしてきた人、Jクラブのジュニアユースから高校サッカーに進んだ人と、じつにさまざまです。こんな風に代表になるためのルートがいくつもある国というのは世界中でも日本だけ。それが何よりの強みだと思いますね。

現在私は、元日本代表監督・岡田武史さん率いる、中国スーパーリーグ・杭州緑城のヘッドコーチとして指導や選手育成にあたっています。前職であるFIFA（国際サッカー連盟）で世界各国をまわっていたときにもそうでしたが、外国に出て初めて気づく日本サッカーの魅力がたくさんあります。その最たるものが、情熱を持った指導者たちの存在でしょう。中学高校の部活動では教員の方たちが、また、クラブチームでも報酬の有無を問わず、熱心に指導している方がたくさんいらっしゃいます。

シリーズ第四弾となる本書『サッカーボーイズ 15歳 約束のグラウンド』でも、桜ヶ丘中学校三年生となり、サッカー部のキャプテンを務めている遼介のもとに、強烈な個性を持ち、斬新なチーム改革を進める顧問の草間がやってきます。最初は「うわ、こんな監督はイヤだな」と思いましたが、指導者の立場からいうと、情熱のない人に厳しいことは言えないものです。そういう意味では草間はとても熱意のある男。静かなる情熱を燃やす遼介とどんな化学反応を起こすのか、どのようにチームに融合していくのか——。それが一番の読みどころではないでしょうか。

私も遼介と同じように中学・高校とサッカー部のキャプテンを務めていたのですが、練習メニューやメンバー編成を考えて、ときにはチームメイトたちに厳しいことを言う……という日々でした。キャプテンといえば華やかな立場に見えるかもしれませんが、実際は憎まれ役も買ってでなくてはならない、イヤな役回りです。そういう意味でも私は遼介の目線になって読んでいる気がします。また、遼介とクラスメイトの美咲の淡い恋愛模様も気になるところ。お互いに意識し合っている姿に自分の中学時代を重ねて「いまも昔も変わらないんだな」と面映《おもは》ゆい気持ちになりました。

登場人物にリアリティがあるのも人気の理由だと思います。ひとりひとり個性があって読み飽きない。本作では、いつもクールに自分のことだけをやっていた印象のある星川良が友人のことを気遣えるようになっていたり、鮫島琢磨が転校してきたりとおなじみのメンバーたちの成長や変化も見てとれて、シリーズ愛読者にはたまらない一冊です。

仲間との関係がギクシャクしたり、大きな壁が立ちはだかったり。さまざまな困難にぶつかっても彼らはサッカーを通じて乗り越え、心を通わせていく。このシリーズの魅力は数えきれませんが、そんな友情模様に胸を熱くしている人は多いと思います。

ＦＩＦＡ在籍中、世界中のユース世代に向け、「Football is a school of life.（サッカーは人生の学校である）」を合い言葉に普及活動を行ってきました。人生はなかなか思うようにいかず、もがき苦しむことだらけです。そんなときでも仲間たちと、信頼し合い、壁を乗り越え、喜びを分かち合うことができれば、人としても成長し、そしてサッカー人としても躍進できるはず――。この小説を読むたび、その活動は間違っていなかったと改めて思います。私自身のことを振り返っても少年時代、一緒にボールを蹴《け》っていた仲間はかけがえのない生涯の友であり、サッカーを通じて出会えた世界中の人こそが一生の宝ですから。

コーチとしての仕事にも大変刺激をいただいています。たとえプロ選手であっても、試合で自分のプレーがうまくいかなくなって、行き詰まることがあるんです。本来、喜びであるはずのサッカーが、重荷になって辛《つら》くなる。そんなとき、岡田監督とともに選手にこう伝えています。「純粋にサッカーボールを蹴っていた子ども時代を思い出して、ボールを蹴るのが楽しくて仕方なかった頃の自分に立ち返ってほしい」と。それは私たち指導者も同じです。原点に戻れる場所を持っていれば、「もっとシンプルに考えてみよう。選手に負担をかけていたかもしれない」と気持ちを切り替えて、新たな道を見つけることができる。もがいている最中はそういう思考になりづらいけれど、この小説を読めば無条件に原点に戻れるのです。一回読んでおしまいじゃなく、何度も読み返して元気をもらったり、初々しい気持ちになれる。そんな貴重な小説ですね。

だからいろんな人に「これ、すごく面白いから読んで」と薦めまくっています。私たちのようなサッカー経験者だけじゃなく、お母さんだったり、お父さんだったり、サッカー部に好きな子がいる女の子だったりと、いろんな人がそれぞれの立場で楽しむことができると思いますよ。

本書は二〇一一年七月に小社より刊行された単行本を加筆・修正して文庫化したものです。

サッカーボーイズ 15歳《さい》

約束《やくそく》のグラウンド

はらだみずき

平成25年 6月20日 初版発行
令和7年 10月10日 10版発行

発行者●山下直久

発行●株式会社KADOKAWA
〒102-8177 東京都千代田区富士見2-13-3
電話 0570-002-301（ナビダイヤル）

角川文庫 18009

印刷所●株式会社KADOKAWA
製本所●株式会社KADOKAWA

表紙画●和田三造

●お問い合わせ
https://www.kadokawa.co.jp/（「お問い合わせ」へお進みください）
※内容によっては、お答えできない場合があります。
※サポートは日本国内のみとさせていただきます。
※Japanese text only

ISBN978-4-04-100878-2 C0193

◆◇◇